KB114741

현대무림
지존

현대 무림 지존 6

현윤 장편소설

초판 1쇄 찍은 날 § 2017년 2월 17일
초판 1쇄 펴낸 날 § 2017년 2월 24일

지은이 § 현윤
펴낸이 § 서경석

편집책임 § 최지원

펴낸곳 § 도서출판 청어람
등록번호 § 제387-1999-000006호
등록일자 § 1999. 5. 31
어람번호 § 제1-2634호

주소 § 경기도 부천시 부일로 483번길 40 서경B/D 3F (우) 14640
전화 § 032-656-4452   팩스 § 032-656-4453
http://www.chungeoram.com
E-mail § chungeorambook@daum.net

ⓒ 현윤, 2016

ISBN 979-11-04-91214-6 04810
ISBN 979-11-04-91013-5 (세트)

현윤 장편소설

FUSION FANTASTIC STORY

현대무림 지존

6

도서출판 청어람

차례

현대무림
지존

제1장
덧없는 세월

늦은 밤, 터덜터덜 걸어서 대문을 여는 태하의 모습이 보인다.

끼익.

제법 늦은 밤까지 사성그룹에 있다가 돌아온 태하는 거의 녹초가 되어 있었다.

"쉽지 않군."

1인 3역을 해야 하는 태하는 정말로 몸이 세 개면 좋겠다고 간절히 바라곤 했다.

하지만 현실적으로 한 사람이 세 개로 쪼개지는 것은 있을 수 없는 일이다.

초인적인 힘을 얻은 절대자라고 해도 인간의 범주는 벗어날 수 없는 법이다.

다소 힘이 빠진 채 마당으로 들어선 태하의 발치에 네모난 편지 한 통이 떨어져 내렸다.

툭.

"누군가 문틈에 편지를 끼워둔 모양이군."

요즘 세상에 누가 종이로 편지를 보낼까 싶기에 그 안의 내용이 사뭇 궁금해진 태하이다.

그는 순백색의 직사각형 편지 봉투를 열어 보았다.

미성초등학교 제55회 총동창회

태하는 고개를 갸웃거렸다.

"동창회?"

지금까지 살면서 초등학교 동창회엔 아예 관심을 갖지 않고 살아온 태하로선 이런 초대장이 낯설게만 느껴졌다.

그렇지만 오늘 따라 초대장을 버리지 않고 주머니에 넣고 싶어졌다.

그의 나이 이제 서른여섯. 슬슬 그때의 친구들이 뭐 하고 사는지 궁금해지고 있던 차다.

태하와 친하게 지낸 친구는 총 두 명인데, 중학교를 진학하면서 연락이 뜸해지더니 고등학교에 입학하면서부터는 아예

연이 끊어지고 말았다.

그동안 의사가 되겠다는 일념 하나로 살아온 태하에게 초등학교 친구들은 그저 작은 추억 속의 사람들일 뿐이었다.

하지만 이제 마흔을 바라보는 나이가 되어가고 있음에 추억을 다시 끄집어내 보고 싶은 마음이 생겼다.

태하는 동창회 초대장 맨 아래에 붙어 있는 명함을 꺼내 보았다.

참가 의사가 있는 사람들은 동창회장에게 연락 바람. 동창회장 이희란: 010-54……

그는 희란이라는 이름을 머릿속에서 끄집어내 보았다.

"희란, 희란… 잘 기억이 안 나는군."

동창회장까지 하는 사람이면 초등학교를 다니던 시절부터 발이 넓었다는 소리인데, 그런 아이는 원래 눈에 잘 띄게 마련이다.

태하도 그 학교를 6년 동안 다녔기 때문에 눈에 잘 띄는 사람은 잊지 않고 기억하고 있을 터이다.

그러나 이상하게 당시의 기억이 잘 나지 않았다.

"내가 너무 팍팍하게 살아왔나? 그때의 기억이 없네."

의학적인 지식들을 쌓는 데 주력하던 태하에게 과거의 추억은 점점 흐려져 언제부터인가 앞만 보고 달리는 사람이 되었다.

지금과 미래, 이 두 가지만 생각하고 뒤를 돌아볼 겨를이 없었던 것이다.

태하는 더 이상 과거의 기억을 더듬는 일을 포기하였다.

"뭐, 연락해 보고 가보면 답이 나오겠지."

명함을 갈무리한 태하는 내일 아침 연락해 보기로 했다.

＊　　　＊　　　＊

다음 날, 태하는 희란이라는 친구에게 전화를 걸었다.

─네, 이희란입니다.

"저… 미성초등학교 동창회 초대장을 받았는데……."

워낙 오랜만인데다 얼굴도 잘 기억이 나지 않아서 호칭을 어떻게 해야 할지, 혹은 존대를 쓸지 반말을 쓸지 판단이 서지 않았다.

다소 숫기 없는 모습을 보이는 태하에게 희란이 아주 호탕하게 웃으며 말했다.

─아하하! 동창이구나? 동창인데 뭘 그렇게 우물쭈물하고 있어? 그나저나 누구야? 전화번호가 없어서 누구인지 모르겠네.

"동창회에 나간 적이 없어서 아마 모를 수도 있는데, 김태하라고."

태하라는 이름을 들은 희란은 단박에 그를 기억해 냈다.

―김태하! 그 공부만 잘하고 친구들은 별로 없던?

"…그래, 아마 그럴걸?"

―기억난다! 주변에 친구들은 별로 없었는데 얼굴은 꽤 잘생긴 것으로 기억하는데, 맞나?

"잘생긴 것은 모르겠는데 친구가 별로 없던 것은 맞아. 성적도 좋았고."

―그래그래, 쪽지시험 한 번을 봐도 무슨 국가고시를 보는 사람처럼 집중했지.

초등학교를 다닐 때부터 전교 최상위권을 벗어난 적이 없던 태하는 고학년으로 올라가서는 1등과 2등을 계속 오가면서 살았다.

이때부터 의사라는 직업을 꿈꿔온 태하이기에 오락보다는 공부에 집중했다.

이렇게 어려서부터 매일 공부만 들입다 파고 또 파댄 태하이니 친구가 있을 리가 없었다.

그런 그의 얼굴과 이름을 기억하는 사람이 있다니, 태하는 내심 놀랐다.

―아무튼 반갑다. 그동안 어떻게 지냈어?

"그냥 남들 사는 것처럼 이리 치이고 저리 치이면서 살았지, 뭐."

─하긴, 공부를 잘하든 못하든 사회를 겪어야 하는 것은 마찬가지니까.

그녀는 태하에게 동창회가 열리는 장소에 대해서 다시 한 번 고지해 주었다.

─동창회는 서울 마포에서 열려. 뭐, 거하게 호텔을 빌려서 하고 싶기는 한데 편하게 만나서 술 한잔하는 것이 좋을 것 같다고들 해서 말이야.

"그래, 동창회인데 거창하게 하는 것보다는 부담이 없는 것이 좋지."

─주소는 알고 있지?

"초대장에 적혀 있어."

─그래, 그 주소로 오면 돼.

"알려줘서 고마워."

희란은 태하에게 다시 한 번 반가움을 표시했다.

─아무튼 진짜 반갑다. 우리 동창 중에서 태하 네 얘기 하는 여자애들이 꽤 많았어. 그거 알고 있는지 모르겠네?

"나를?"

─응. 너는 잘 모를지 모르겠는데, 우리 여자애들 중에서 너를 은근히 좋아하는 애들이 좀 있었어.

"그, 그래? 금시초문인데?"

─당연한 소리 아니야? 여자애들이랑은 아예 말도 한마디

도 안 섞던 너인데 그런 풋내기 고백을 해볼 틈이나 있었겠
어?

"흠, 그랬던가?"

—그중에 나도 있었다. 그건 알아?

태하는 실소를 흘렸다.

"그런 소리를 본인이 막 해도 되는 거야? 아무리 나이를 먹
었다고 해도 여자잖아?"

—어후, 넌 무슨 아저씨니? 요즘 누가 여자가 이러니저러니
그런 소리를 해? 그래서 여자나 만나봤겠어?

"으음, 그래서 내가 여자를 제대로 못 만나보았나? 매일 공
부에 치어 사느라 연애도 제대로 못 해봤거든."

—호호, 정말?

"그렇다고 여자 손 한번 못 잡아본 사람은 아니지만 내 또
래 남자들과 비교하면 거의 천연기념물 수준이지."

—오오, 이거 참 흥미진진해지는데? 그럼 결혼은 했어?

"아직. 하지만 조만간 할 것 같아."

—할 것 같다는 건 무슨 뜻이야? 정확하게 한다는 뜻이야,
안 한다는 뜻이야?

"공식적으로는 예정에 있긴 하지만, 어디 결혼이 나 혼자 좋
다고 하는 건가?"

—하긴, 결혼이 그리 쉬운 일인가?

태하는 그녀와 통화하면서 너무나도 의외의 점을 발견하였다.

"그나저나 연락을 안 한 지 20년이 넘었는데 바로 어제 만난 사람 같네. 너무 신기한데?"

─원래 친구라는 것이 그런 것 아니야?

"그렇군."

─아무튼 간에 동창회에는 꼭 나와야 해. 내가 지금 당장 여자애들에게 네 얘기 쭉 돌릴 생각이거든.

"하하, 그래. 무조건 나갈게."

─약속?

"약속."

─만약 이번 동창회에 안 나오면 다음 동창회선 네가 동창회장 해라. 꼭이다?

"알겠어. 동창회장 하기 싫어서라도 꼭 나가야겠네."

─그래, 꼭 나와. 이번 기회에 친구들 좀 만나고 여유롭게 살아봐. 얘기를 들어보니 아직도 넌 그렇지 않은 것 같다.

그녀는 태하와 몇 마디 나눠본 것만으로도 그가 아직까지 무언가에 쫓기듯 살아가고 있다는 것을 간파하였다.

태하 스스로는 자신이 신선도에서 나와 살면서 조금은 신선의 가르침대로 살아가고 있다고 생각했다.

하지만 그것은 태하 혼자만의 착각에 불과했다.

지금까지 그가 이뤄온 모든 것을 천천히 돌이켜 보면 여유
란 손톱만큼도 찾아보기 힘들었다.

 '그래, 환경만 조금 달라졌을 뿐이지 살아가는 방식은 예나
지금이나 비슷하구나.'

 어쩐지 조금 씁쓸해진 태하이지만 그녀와의 대화에서 건진
것이 아주 많다고 느꼈다.

 ─아무튼 전화 줘서 고맙고, 내일모레 보자.

 "그래, 알겠어. 무슨 일이 있어도 꼭 나갈게."

 전화를 끊은 태하는 동창회 당일의 스케줄을 모두 명일로
미루고 오후의 시간을 통째로 비워놓기로 했다.

*　　　*　　　*

 이틀 후, 마포구의 한 호프집에서 동창회가 열렸다.

 금일의 동창회를 위해서 호프집 하나를 통째로 대절해 거
하게 한잔 마실 예정이다.

 태하는 동창회가 시작되기 30분 전에 도착하여 근방에 차
를 주차해 두었다.

 오랜만에 나온 동창회에 늦게 도착하면 친구들에게 미안한
마음이 들 것 같은 탓이다.

 그는 거울에 자신을 비춰보고 향수도 덧뿌려 주었다.

칙, 칙!

"흠, 이 정도면 괜찮나?"

오늘 회사에서 나오면서 머리도 자르고 옷도 한 벌 새로 샀다.

20년 동안 못 본 친구들에게 흔하게 지나다니는 아저씨처럼 보이기 싫었기 때문이다.

나름대로 신경을 꽤 많이 썼더니 이상하게 긴장까지 됐다.

"후후, 이게 뭐라고 긴장이 되나?"

이런 긴장감을 느껴본 적이 언제인지 기억나지 않는 태하에게 지금의 이 경험은 아주 색다르다고 할 수 있었다.

잠시 후, 태하는 지하 주차장에서 엘리베이터를 타고 4층에 있는 호프집으로 향했다.

그런데 1층에서 다시 엘리베이터가 멈추었다.

팅!

─1층입니다.

엘리베이터가 1층에 멈추어 선다는 것을 알리며 문이 열렸다.

열린 문으로 짧은 치마에 아찔한 하이힐을 신은 미녀가 한 명 올라탔다.

그녀는 연예인이라고 해도 믿을 정도로 눈부신 외모의 소유자였다.

그런데 그녀는 엘리베이터에 타자마자 환하게 웃었다.

"4층? 동창회에 가시나 봐요?"

"네, 그렇습니다."

그녀가 태하에게 손을 내밀었다.

"야, 반갑다! 너, 태하지?"

"그걸 어떻게……?"

"익숙하지 않은 얼굴이 엘리베이터에 탔으니 당연히 알지. 이야, 반가워! 내가 희란이야!"

"아아, 희란이! 말투는 걸걸한데 얼굴은 한 미모 하는데?"

"어머나? 능구렁이같이 느끼한 멘트도 칠 줄 알아?"

"나도 나이를 먹으니까……."

희란은 태하가 진심으로 반가운 모양이다.

"이야, 아무튼 반갑다! 이게 도대체 얼마만이야? 그동안 뭐 하면서 지냈어?"

"병원에서 일해."

"병원? 의사?"

"응. 얼마 전까지 한국에서 일하다가 사정이 생겨서 영국으로 병원을 옮겼어. 그리고 최근에는 다시 한국으로 돌아왔고."

"이야, 그렇게 만날 공부만 하더니 진짜 성공했네? 영국까지 다녀올 정도면 실력이 꽤 있다는 소리 아니야?"

"실력 때문만은 아니고 사정이 좀 있었어. 아마 한국에 계속 있었으면 노예처럼 일만 하다가 과로사로 죽었을지도 모르지."

"호호, 무슨 소리인지는 잘 모르겠지만 잘된 것 같기는 하네."

이번에는 태하가 그녀에게 근황을 물었다.

"너는 요즘 뭐 하면서 지내?"

"나? 검사 됐지."

"검사? 법조인이면 공부를 꽤 많이 했을 텐데?"

"고등학교 때부터 법대 간다고 아주 코피를 팡팡 쏟았지."

"대단한데? 잠깐, 그러고 보면 나보다 네가 더 대단한 것 아니야?"

"대단하긴 뭐가 대단해? 박봉에 영양가도 없는 것이 검사인데. 요즘 검사 재미없어."

"일을 무슨 재미로 하나? 그렇게 치면 만날 사람 장기 모양 보면서 사는 나는 재미가 있겠어?"

"호호호! 그게 그렇게 되나?"

그녀의 호쾌한 이 성격은 아마도 초등학교 때부터 이어졌을 것이고, 그 성격이 변하지 않아 동창회장까지 하고 있을 터였다.

"넌 성격이 참 좋구나."

"훗, 아닐걸? 나 지검에서 완전 또라이로 유명한데."

"일할 때야 다 또라이지. 또라이 아닌 사람이 성공하는 것 봤어?"

"말이 또 그렇게 되나?"

"당연하지. 미치지 않고서 성공을 바라면 도둑놈 심보 아닌 가?"

희란은 태하의 말에 고개를 끄덕일 수밖에 없었다.

"그래, 맞아. 또라이 아니면 성공하기 힘들지."

그녀는 태하를 바라보며 싱긋 웃었다.

"아무튼 반갑다. 그 유명한 얼굴만 잘생긴 김태하를 여기서 다 보다니, 이것 참, 영광인데?"

"영광이랄 것 있나? 내가 워낙 숫기가 없어서 민폐는 안 되려나 모르겠어."

희란은 고개를 갸웃거렸다.

"어이, 이 아저씨야. 그게 숫기가 없는 것이라면 이 세상의 내성적인 사람은 다 죽어야 하게?"

"무슨 뜻이야?"

"네가 숫기가 있다는 소리야. 아무리 친구라고 해도 오래간만에 만나서 이렇게 대화가 잘 통하는 사람이 어디 그리 흔하겠어?"

"얘기가 그렇게 되나?"

"호호, 그래. 얘기가 그렇게 되지."

그녀는 태하를 호프집 안으로 안내하였다.

"일단 들어가자. 안에 들어가면 먼저 도착한 애들이 있을 거야. 만약 없으면 먼저 시작하고 있으면 그만이고."

"그래."

태하는 오랜만에 친구라는 사람들과 술을 마실 생각에 조금은 들뜨는 자신을 발견하였다.

*　　　*　　　*

동창회에는 생각보다 많은 사람들이 모였다.

태하를 아는 사람들이나 그렇지 않은 사람들이나 서로 잔을 나누면서 오랜만에 회포를 풀고 즐거운 시간을 가졌다.

그런데 태하는 자신과 가깝게 지내던 친구들을 한 명도 만나지 못했다.

그는 술자리가 무려 두 시간 이상 지속될 동안 나타나지 않는 그들의 소식에 대해 물었다.

"민수하고 철희, 어떻게 지내는지 알아?"

"민수? 정민수?"

"응, 정민수하고 조철희."

친구들은 민수와 철희에 대한 소식을 태하에게 전해주었다.

"민수는 두바이에서 사업한다는 것 같고 철희는 소식이 끊어졌어. 한 4년쯤 되었나? 잘 다니던 회사를 그만두고 나선 연락이 안 되더라고."

"으음, 그래?"

"항간에는 이혼했다고도 하고 외국으로 떠났다고도 하고, 아무튼 민수는 잘 지내는 것이 맞는 것 같은데 철희는 확실하지가 않아."

동창회에 나온 목적인 민수와 철희가 없으니 기쁨에 젖은 마음이 조금은 퇴색되어 가는 것 같았다.

하지만 친하게 지내지 않던 친구들이나마 이곳에 있으니 마음을 다잡아보는 태하이다.

조금은 의기소침해진 태하에게 희란이 다가왔다.

"어차피 여기 있는 모두 친구들이니 두 사람은 잠시만 잊어. 꼭 오늘이 아니더라도 내년이 있으니 그때를 기약하자고."

"그래, 그렇게 하자."

"그리고 내가 내일 사무실에 가서 그 두 사람 연락처 다시 한 번 찾아볼게. 무슨 사정이 있어서 못 왔을 수도 있으니까."

"고마워."

"네가 고마워할 것은 없어. 나도 그 아이들과 친구이니까."

친구가 친구를 걱정하는 것은 어디까지나 자연스러운 일이니 굳이 태하가 아니더라도 그녀는 분명 두 사람에 대해 알아 볼 것이다.

희란이 태하에게 술을 권했다.

"한잔할까?"

"좋지."

그녀가 자리를 옮겨 태하의 곁에 앉아 술을 따르자, 몇몇 동창이 짓궂은 소리를 했다.

"어어, 이거 분위기 이상한데? 이희란, 태하 옆에 너무 딱 붙은 거 아니야?"

"맞아! 누가 보면 정분난 줄 알겠어!"

희란은 그들의 짓궂은 말을 아무렇지도 않게 받았다.

"정분? 정분나면 좋지, 뭐."

"오오! 역시 좀 센데?!"

"훗, 나를 뭐로 보고?"

친구들이 장난스럽게 말하긴 했지만 실제로 동창회에서 눈이 맞아 서로 좋은 만남을 이어나가는 경우가 꽤 있었다.

결혼 적령기의 남녀가 이렇게 많이 모여 있으니 좋은 인연이 되는 것도 이상한 일은 아니었다.

그녀가 태하를 바라보며 잔을 들어 올렸다.

"마시자."

"그래, 마시자."

두 사람이 함께 잔을 들어 올리자 주변에서 그들을 두고 자꾸만 장난스러운 말을 툭툭 던져댔다.

"야야, 이게 지금 뭐 하는 거야? 기왕지사 둘이 마실 것이라면 러브샷 어때?"

"러브샷! 러브샷!"

"무슨 러브샷이야?"

"에이, 이거 왜 이래? 서로 붙어서 잔을 들었으면 러브샷 정도는 해줘야지. 안 그래?"

"맞아!"

원래 남의 기분을 맞추는 것에 익숙하지 않은 태하이지만 친구들 사이에 있으니 분위기에 휩쓸리게 되었다.

그는 그녀에게 러브샷을 제안했다.

"까짓것, 하지, 뭐."

"오오!"

"러브샷으로 한잔할까?"

태하의 제안에 그녀는 팔을 꼬아서 마시는 러브샷 대신에 서로 포옹한 채 마시는 러브샷으로 화답했다.

"안자."

"이야, 적극적인데?!"

"오늘부터 둘이 1일이야?"

"그거야 좀 지나봐야 아는 일이고."

"오오!"

그녀의 말대로 태하는 두 팔을 벌려 희란을 안고 등 뒤로 잔을 넘겨 비워냈다.

꿀꺽!

그러자 주변에서 박수갈채가 쏟아졌다.

짝짝짝!

"그럼 나온다! 보기 좋은데?"

"2차는 두 사람만 따로 나가야 할 것 같은데? 안 그래?"

"하하, 좋을 대로 해라. 두 사람 없어진다고 뭐라고 할 사람은 없으니."

태하는 친구들의 짓궂은 장난에 손을 내저으려다가 이내 입을 꾹 다물었다.

그녀가 친구들의 제안을 거절하지 않았기 때문이다.

"정말? 그래도 괜찮아?"

"대신 둘이 잘되면 다음 동창회 2차는 너희들이 내는 거야. 어때?"

"그래, 그게 뭐 어렵다고."

워낙 성격 좋은 그녀이기에 태하는 이게 진심인지 아닌지 분간이 되지 않았다.

하지만 일이야 어찌 되었든 간에 그녀가 말을 이렇게 했으니 태하로선 거부할 수가 없었다.

친구들이 태하에게 2차의 행선지에 대해 물었다.

"2차는 어디로 갈 거야?"

"난 요즘 포장마차가 그렇게 당기더라고."

"그래, 낭만이 있는 곳이 바로 포장마차지. 서로에게 집중할수 있고."

"우와, 이거 정말 둘이 이어지는 것 아니야? 김태하가 이렇게 잘 받아주면 걸릴 것이 없잖아?"

사실 태하에게 약혼녀가 있다는 사실을 알고 있으니 그녀는 진심으로 관계의 발전을 염두에 두지는 않을 것이다.

태하는 그녀가 친하게 지낸 친구들이 없는 자리에 자신을 오래 두지 않게 배려한다고 생각했다.

'진짜 성격이 좋기는 좋구나. 속도 깊은 것 같고.'

처음 동창회에 나온 태하를 배려하는 것은 어쩌면 당연한일처럼 보여도 똑같이 동창들을 챙겨야 하는 동창회장으로선그리 쉬운 일은 아니었다.

태하는 오늘 그녀와 진하게 술 한잔하면서 진득하게 얘기를 나누어보고 싶어졌다.

*　　　　*　　　　*

동창회에서 나와 한강이 보이는 포장마차로 자리를 옮긴 두 사람은 술잔을 마주 댔다.

"건배!"

꿀꺽!

단숨에 소주를 입안에 털어 넣은 두 사람은 다시 서로의
잔을 채워주기 바빴다.

태하는 서로의 잔이 차오르자 오늘 일에 대한 감사의 인사
를 전했다.

"고마워."

"뭐가?"

"나를 배려해 줘서."

그녀는 슬그머니 미소를 지었다.

"그게 무슨 배려라고 할 수 있나? 20년 넘게 연락도 안 하
고 지낸 친구들과 무작정 어울리기 힘든 것은 당연한 일인
데."

"그것을 당연하다고 생각해 주고 배려해 주는 것은 보통 쉽
지 않은 일이지."

"으음, 그런가?"

"아무튼 오늘은 정말 고맙다. 꼭 동창회가 아니더라도 술
한잔 더 하고 싶어."

"오오, 정말? 이거 참 영광인데?"

"영광은 무슨, 나중에 시간 괜찮을 때 다시 만나서 한잔하

자. 내가 제대로 한잔 살게."

"그래. 네가 사주는 술 한번 얻어 마셔봐야지. 기대할게."

태하는 지금까지 남자와 여자는 친구가 되기 힘들다고 생각했는데 만약 희란이라면 그게 가능할 수도 있겠다는 생각이 들었다.

그녀는 남녀라는 구분을 두지 않고 모두를 같은 사람으로 보기 때문에 대하는 태도나 배려하는 마음이 남들과 확연히 차이가 났다.

만약 가능하다면 앞으로 오래 두고 사귀어보고 싶다는 생각을 한 태하였다.

"한잔 더 하자."

"좋지."

두 사람은 연거푸 잔을 비워내고 또 다음 잔을 준비했다.

쪼르르.

서서히 차오르는 잔을 바라보던 그녀가 태하에게 말했다.

"저… 사실은 내가 할 말이 있어서 너를 데리고 나온 거야."

"할 말?"

그녀는 난감한 표정을 지었다.

"이것 참, 뭐라고 말을 해야 좋을지……."

"뭔데?"

"아직 조사 중에 있기는 한데 철희의 행방에 대해서 사실은 알고 있어."

순간, 태하가 고개를 갸웃거렸다.

"정말? 그런데 아까는 왜 모른다고 했어?"

"그게… 철희가 한국에 없는 정도가 아니고 아예 이 세상에 없거든. 그래서 말을 못 했어."

"이 세상에 없다니?"

"강을 건넌 것 같더라고."

태하는 그제야 그녀가 무슨 말을 하려는 것인지 이해할 수 있었다.

"저, 정말이야?"

"응. 러시아 연해주에서 발견된 한인 시체가 한 구 있었는데, 그 신원을 보증하는 물건들이 철희의 것이었어. 이제 러시아 정부에서 DNA 검사를 통해서 신원을 최종적으로 확인하게 되면 한국에서 시신을 인도받아 장례를 치를 예정이야."

그는 적지 않은 충격을 받았다.

"…어쩌다가 그렇게 된 거야? 우리는 아직 젊잖아."

"추정하기론 모종의 이유로 러시아에 갔다가 변을 당한 것 같아. 지금으로선 타살이 20%, 자살이 10%, 사고사가 80%라고 생각되고 있어."

"그랬구나. 이런……"

철희는 태하의 꽤 오래된 친구인데, 당시엔 집안과 집안이 서로 알고 지낼 정도로 친하게 지냈다.

아직도 철희의 앳된 얼굴이 선명하게 떠오르는데 그가 죽었다는 사실을 들으니 망치로 머리를 얻어맞은 느낌이 들었다.

태하는 깊은 시름에 잠기고 말았다.

"세상에, 일이 이렇게 될 줄 알았다면 조금 더 빨리 동창회에 나오는 건데 내가 너무 무심했구나."

"하지만 이건 네 잘못은 아니야. 조금 냉정한 말인지는 모르겠지만 원래 인명은 재천이라고 하잖아. 철희와 인사를 못한 것은 아쉽지만 이 또한 운명이라고 생각해."

"그렇지만……."

만약 조금 더 빨리 이곳을 찾아왔다면 철희를 볼 수 있었을 것이라고 생각하니 마음이 아픈 태하였다.

그렇지만 그녀는 태하의 미안함이 잘못된 것이라고 지적했다.

"산 사람은 살아야 해. 네가 자책하면 죽은 철희도 마음이 편하지는 않을 것 같아."

"그래, 그건 그렇지."

태하는 포장마차 주인에게 소주를 한 병 더 주문했다. 그러곤 그것을 개봉해서 빈자리에 놓아두었다.

"대신 소식을 들었으니 그냥 넘어갈 수는 없어. 이렇게라도 한잔 주고 싶어. 괜찮지?"

"물론이지."

아쉬움 반, 괴로움 반이 섞인 태하의 눈길이 소주병으로 향했다.

"한잔 마셔라. 이렇게라도 한잔 마시면 좀 낫겠지."

"그래, 네 말이 맞아."

"건배!"

그녀는 태하의 건배에 맞춰서 술잔을 비웠다.

꿀꺽!

술잔을 비운 두 사람이 동시에 말했다.

"잘 가라, 친구야."

같은 생각을 하고 있던 모양인지 두 사람은 동시에 추모의 말을 꺼내 들었다.

태하와 그녀는 슬그머니 미소를 지었다.

"우리 제법 잘 통하는데?"

"그러게 말이야. 나랑 잘 통하기 힘든데 말이야."

"후후, 원래 이 세상에는 쇠붙이처럼 죽이 잘 맞는 사람들이 있대. 그런 경우 아닐까?"

"그런가?"

"아무튼 오늘은 좀 마시자. 굳이 잊으라고는 말하지 않을 테니 너무 우울해하지 마."

"그래, 알겠어."

두 사람은 그렇게 해가 뜰 때까지 계속해서 잔을 비워 나갔
다.

제2장
무림대회

중국 상하이의 비즈니스클럽 '백무향'은 철저한 멤버십으로 운영되는 비밀 클럽이다.

이곳의 가격대는 상하이는 물론이고 전 세계적으로도 거의 손에 꼽힐 정도로 비쌌다.

백무향은 아가씨와 동석하는 클럽도 아니고 마약을 판매하는 곳도 아니었다.

그렇지만 백무향은 그 어마어마한 주대를 주고도 술을 마실 만한 곳이었다.

지하 15층 아래에 위치한 백무향은 도청 장치를 비롯한 각

종 전자기기를 소지할 수 없도록 무려 15차례의 철저한 검문을 통하여 손님을 받았다.

게다가 핵폭탄으로도 흔들리지 않는 내진 설계와 유연한 비상 탈출 시스템, 거기에 이곳을 지키는 경호 병력의 숫자만 무려 1천 명에 달했다.

한마디로 어지간한 세이프하우스보다 더 안전하고 철저히 비밀 보장이 이뤄진다는 소리다.

백무향은 목숨이 오가는 밀담이나 거래가 이뤄지는 곳이기 때문에 거액을 받고 신변 보장을 해주는 것이었다.

중국 공산당 중앙 정치국 상무위원 장건국과 네 명의 중앙 정치국 위원이 백무향에 자리를 잡았다.

장건국은 사방이 온통 회색의 방호벽으로 둘러싸인 방에 앉아 웨이터를 호출하였다.

웨이터가 장건국에게 깊이 고개를 숙였다.

"부르셨습니까?"

"다섯 명이 마시기 적당한 백주를 좀 가져다주게. 얘기가 길어질 것 같으니 안주도 좀 넉넉히 가져다주고."

"때마침 하북에서 명주가 들어왔습니다. 안주는 고기로 가져다 드릴까요?"

"그래주게."

"예, 알겠습니다. 잠시만 기다려 주십시오."

장건국은 밀담을 나눌 일이 많은 사람이기에 백무향을 거의 하루에 한 번씩 찾아온다.

그는 네 명의 위원에게 담배를 한 개비씩 권했다.

"술은 금방 나올 겁니다. 한 대씩 피우세요."

"네, 위원님."

담배를 받은 위원들에게 장건국이 말했다.

"소식은 들으셨으리라 생각합니다. 지금 남성그룹과 명화방, 사성회, 개방 등에 의해서 맹이 구성되었습니다. 그 맹에 미국과 일본, 한국, 영국, 프랑스 등의 정계 인사들이 대거 참여했습니다. 우리 중국 역시 이 맹에 가입하기로 했고요."

"어떤 성격의 맹을 말씀하시는 겁니까?"

"혹시 청야성이라는 사람들에 대하여 들어본 적이 있습니까?"

중앙 정치국 위원 이용이 자신이 아는 대로 대답했다.

"각 국가나 무인 집단에 끄나풀을 풀어놓고 세계의 질서를 자기들 마음대로 주무르는 흑막이 있다는 소리는 들었습니다. 우리 중앙 정치국에도 끄나풀이 있다는 소리도 있고요."

"그래요, 맞습니다. 청야성은 각 국가 간의 분쟁을 일으키거나 지하 무림인들을 이간질하여 자신들의 이득을 취하는 놈들입니다. 생각보다 그 뿌리가 오래되었고 탄탄하기까지 하지요. 이제는 그들의 마수가 뻗치지 않은 곳이 없을 지경이지요."

"크음……."

잠시 후, 웨이터가 술을 가지고 들어왔다.

똑똑.

"백주 가지고 왔습니다."

"놓고 나가시게."

"예, 알겠습니다."

장건국은 때마침 도착한 술을 잔에 채워 한 잔씩 돌렸다.

그는 자신이 이곳에서 술잔을 돌리는 이유에 대해서 설명하였다.

"우리는 맹에서의 서약에 따라서 청야성을 타도하는 데 전력을 기울일 겁니다. 이 사실은 주석께서도 알고 계십니다."

"그렇다면 대대적인 토벌전이 벌어지겠군요."

"아니요, 그렇게는 못 합니다. 머리를 쳐낸다고 해서 끄나풀이 축출되는 것은 아니기 때문에 아주 소리 소문 없이 고위급 끄나풀을 사로잡아서 정보를 빼내야 합니다. 지금 정부 각처에 흩어져 있는 끄나풀을 우리가 일일이 다 파악할 수는 없기 때문이지요."

"하지만 그놈이 사실대로 정보를 토설할까요? 그 정도 지독한 놈들이면 분명 혹독한 훈련을 시켰을 텐데요."

"압니다. 물론 그놈이 100% 진실을 토하진 않을 겁니다. 그렇지만 적어도 썩은 부분의 절반만 도려낼 수 있다고 해도 우리는 그놈을 잡아 족치는 데 힘을 할애할 필요가 있어요."

"으음……."

"아무튼 이곳에 모인 네 분은 한 점 의혹이 없는 사람들이고 국가에 대한 충성심이 높다고 판단하였습니다. 그래서 주석께서 특별히 업무를 분담하라고 지시를 내리신 것이지요."

네 사람은 부동자세를 취하였다.

척!

"하명하십시오!"

"우리는 단일당을 주체로 하는 집단입니다. 국론이 분열되는 일은 그리 많지 않습니다만, 내부에서부터 그 뿌리가 썩기 시작하면 걷잡을 수 없다는 단점이 있지요. 그러니 우리의 뿌리가 썩기 전에 제가 지정한 사람들을 암암리에 잡아서 정보를 빼내십시오. 이것은 우리 중국이 앞으로 천 년 고도를 이어나갈 수 있는 밑거름이 될 겁니다."

"예, 알겠습니다!"

장건국이 잔을 들었다.

"건배!"

"건배!"

팅!

장건국은 이들에게 술잔을 다시 돌리는 한편, 그 아래에 끄나풀의 신상 명세를 한 장씩 끼워 건넸다.

"이놈들을 잡아들일 방법에 대해선 제가 굳이 왈가왈부하지 않아도 충분할 것이라 생각합니다."

"물론입니다."

"좋습니다. 그럼 일주일 후에 다시 이곳에서 뵙도록 하지요. 오늘은 이곳에서 각자의 행동반경에 대해서 논의하고 파하는 것으로 합시다."

장건국의 주도하에 청야성 끄나풀 축출 작전이 시작되었다.

*　　　*　　　*

영국 템스 강을 따라서 길게 늘어진 지하 수로 안으로 우의를 뒤집어쓴 남자가 서류 가방을 끌어안은 채 들어섰다.

그는 비 오듯 흘러내린 땀을 닦을 여유도 없이 그저 하나의 목적지를 향해 내달릴 뿐이었다.

"허억, 허억!"

마치 지독한 악몽에서 헤매는 사람처럼 미친 듯이 달려 나가던 그의 뒤로 한 무리의 남자들이 나타났다.

대략 15명쯤 되는 그들의 손에는 하나같이 소총이 한 자루씩 쥐어져 있었다.

"순순히 투항해라! 투항하지 않으면 발포하겠다! 다시 한 번 반복한다!"

"빌어먹을! 하필이면 MI5에게 꼬리가 잡히다니!"

현재 그의 뒤를 바짝 쫓고 있는 남자들은 MI5에서도 최정 예 요원들로 손꼽히는 자들이다.

눈을 감고도 날아가는 파리를 맞출 수 있을 정도의 명사수 이며 마음만 먹는다면 일개 정규군 중대를 몰살시킬 수도 있 는 엄청난 전투력을 가지고 있었다.

그런 괴물들이 무려 열다섯 명이나 몰려온다는 것은 목표 물을 놓칠 생각이 전혀 없다는 소리였다.

그는 결국 두 손을 번쩍 들었다.

"제, 젠장! 내가 졌다!"

"두 손을 들고 무릎을 꿇어라. 손바닥은 우리를 보이게 쫙 펴서 올려라."

MI5의 압박에 못 이겨 투항한 사람은 다름 아닌 영국 하원 의원 제임슨 트레이머였다.

제임슨 트레이머는 영국 공화당의 중추적인 인물로 거론되 지만 알고 보면 청야성과 영국 정부를 유착시켜 주는 징검다 리 역할을 하고 있었다.

그는 지금까지 자신이 청야성으로 보낸 자료들을 모두 챙겨 서 영국을 떠나려 마음먹고 있었다.

MI6에 처박혀 있는 청야성의 끄나풀이 우연치 않게 제임슨 트레이머의 추격 작전에 대해 알아내어 그에게 정보를 제공한 것이다.

하지만 MI5는 이미 끄나풀이 도처에 널려 있다는 것을 깨달았기 때문에 작전에 대한 모든 정보를 암호화하여 적을 교란시켰다.

제임슨 트레이머는 원래 3일 후에야 작전이 시작된다고 생각했기 때문에 지금의 이런 상황은 아예 상상조차 하지 못하고 있었다.

아직까지 출국 금지가 내려진 상황은 아니었기 때문에 비행기를 타고 제3국으로 도망치기만 하면 그 뒤는 청야성이 알아서 해줄 터였다.

그런데 MI5는 그런 청야성과 제임슨 트레이머의 생각을 정확하게 꿰뚫고 있었다.

MI5가 처놓은 덫에 걸린 제임슨 트레이머는 자신이 지금까지 해온 악행들을 낱낱이 고하는 꼴이 되었다.

게다가 그가 가지고 있는 자료에는 청야성이 영국 정부와 결탁하여 운용하고 있던 비자금까지 모두 다 들어 있었기 때문에 MI5는 대어를 낚은 셈이었다.

MI5 요원들은 그의 손과 발을 모두 꽁꽁 묶은 후 그것을 목덜미까지 이어버렸다.

"컥, 컥!"

"어서 가자."

"이, 이봐! 죄인에게도 인권은 있다!"

"국가에게 반역한 자에게 인권은 없다. 인권은 네가 살아남아 밖으로 나갔을 때 찾기를 바란다."

"뭐, 뭐라?!"

제임슨 트레이머는 자신이 투항하면 상황이 좋아질 것이라고 생각했으나 MI5의 생각은 전혀 다른 모양이다.

"이, 이게 뭐 하는 짓이냐?! 말이 다르지 않나?!"

"다르다니?"

"내가 멈추어 서면 죽이지 않는다고 말하지 않았나?!"

"그래, 죽이지 않는다고 했지. 하지만 네놈을 사람처럼 대할 것이라곤 말하지 않았다."

"허, 허어!"

"그나마 지금 당장 죽이지 않는 것을 천운으로 알아라."

"이, 이런 제기랄."

이제 MI5는 제임슨 트레이머를 데리고 가서 모진 고문을 통하여 진실에 대해 알아낼 것이다.

물론 그 과정에서 제임슨 트레이머가 많이 다치긴 하겠지만 그가 지금까지 영국을 비롯한 유럽 각국에 미친 영향을 생각하면 그리 큰일도 아니었다.

제임슨 트레이머는 마치 사냥을 당해 네 발이 묶여 버린 사슴처럼 질질 끌려서 잡혀갔다.

                    *   *   *

　각 국가에서 끄나풀 제거를 위한 움직임을 보이는 가운데 지하 세계 무림인들 역시 슬슬 손을 쓰기 시작했다.

　문파들은 끄나풀로 지목된 인물들을 24시간 감시하여 그들이 혹시나 도주할 수도 있을 가능성을 원천 봉쇄해 버렸다.

　그와 동시에 남궁세가는 무인들의 단합과 화합을 도모하는 무림대전을 개최하였다.

　무림대전은 지금까지 항상 피의 향연이 계속되던 무림이 개방의 부활과 함께 대통합을 이룰 수 있도록 도모하면서 끄나풀의 축출도 하기 위해 계획되었다.

　무림 집단 20개가 참여 의사를 밝혔으며 대회에 참가하겠다고 출사표를 던진 무인은 총 2,400명이었다.

　무림대전에 참가하겠노라 선언한 사람 중에는 20개 문파에 해당되지 않는 이른바 '재야고수'들이 꽤 많이 섞여 있었다.

　대전의 신청을 받는 범위에는 제한이 없기 때문에 아메리카나 유럽에서도 꽤 많은 사람들이 몰렸다.

　무림대전은 총 세 번의 예선을 거쳐 본선에 오를 300명을 가려내게 된다.

　본선에 오른 사람들의 경기는 TV로 생중계되어 전 세계로

송출될 예정이다.

명화방에선 두 명의 고수가 출사표를 던졌다.

첫 번째 인물은 장희원의 제자 중 한 명인 여류검객 아카네 사쿠마와 장수원의 네 번째 제자인 타쿠야 타카자와였다.

아카네 사쿠마는 장희원의 제자 중에서도 천마신검의 지류인 파천신검을 가장 완벽에 가깝게 구사하는 인물이었다.

그녀는 무공과는 거리가 먼 태하 대신 장희원이 가장 공들여 키운 검객이다.

무림대전의 해설을 맡은 남궁세가의 남궁명과 아미파의 이왕희는 아카네 사쿠마가 이번 무림대전에서 가장 유력한 우승 후보라고 말했다.

아미파의 제3장로인 이왕희는 남을 평가하는 눈이 상당히 날카롭고 공정해서 지하 세계에서 열리는 크고 작은 대전에서 주로 심판을 맡곤 했다.

그녀가 아카네 사쿠마를 우승 후보로 점친 것을 보면 그녀가 얼마나 대단한 파괴력을 가졌는지 알 수 있다.

웅성웅성!

천하랑은 아카네와 타쿠야를 데리고 서울 삼성동에서 진행되는 참가자 지원 신청에 나섰다.

그는 아주 시끄러운 참가자 지원 현장에서 사성회의 부회장 최민태를 만났다.

두 사람은 반갑게 악수를 나누었다.

"여기 계셨군요."

"명화방에서 온다는 소식을 듣고 기다리고 있었습니다. 장희원 여협의 애제자가 우승 후보로 있다기에 얼굴 좀 보고 싶어서 말입니다."

천하랑은 자신의 옆에 있는 아카네를 소개시켜 주었다.

"검도의 명가인 사쿠마 가문의 후기지수이기도 한 아카네입니다."

그녀는 최민태에게 깊이 고개를 숙였다.

"아카네 사쿠마입니다."

"반가우이. 사성회의 최민태라고 하네."

"부회장님의 명성은 귀가 따갑도록 들었습니다. 그 실물을 뵌 것은 이번이 처음인데, 역시 듣던 대로 풍기는 위용이 남다르십니다. 존경합니다."

"하하, 장희원 여협을 닮아서 말하는 본새부터 수려하군. 사부님께 검술뿐만이 아니라 인간 됨됨이에 대해서도 배운 모양이야. 장희원 여협은 의와 협을 아는 진짜 여장부였지. 그런 사부에게서 검을 배운 사람이라면 충분히 우승 후보로 거론될 만해."

"과찬이십니다."

이윽고 천하랑은 최민태의 뒤에 서 있는 두 명의 후기지수에 대해서 물었다.

"저 두 사람은 누구입니까?"

"아아, 소개가 늦었군요. 안동 권씨의 종가에서 배출한 검법의 후기지수입니다. 회장님에게 검을 사사했고 한때는 명화에게도 검을 배운 적이 있습니다."

천하랑은 흥미롭다는 듯이 그를 바라보았다.

"호오, 그 내력이 대단하군."

"권희준이라고 합니다. 사부님과 태사부님, 그리고 사백님의 얼굴에 먹칠을 하지 않도록 최선을 다하겠습니다."

"그래, 나도 자네에게 기대하는 바가 커졌네. 하지만 그렇다고 부담을 가질 필요는 없네. 걸출한 태사부님과 사백의 기에 눌려서 원하는 검을 다 펼치지 못하면 그것이 사부에 대한 불효 아니겠나?"

"명심하겠습니다."

최민태는 권희준의 소개가 끝나고 곧바로 자신의 곁에 서 있는 묘령의 여인을 천하랑에게 소개하였다.

"그리고 이쪽은 태백산맥에서 권을 갈고닦은 강릉 채씨 일가의 여식입니다. 명화에게서 권을 사사한 이력이 있고 금성회에서 유학을 한 적도 있습니다."

"금성회? 이력이 상당히 특이하군요."

"나이 열다섯에 금성회로 유학을 떠나 10년 동안 여래금강권을 익혔습니다. 그리고 지금까지 사성권법과 여래금강권의 장점을 섞어 제법 독특한 권법을 펼쳐내고 있지요. 우리 후기 지수 중에선 명화의 아들 말고는 거의 첫 번째, 두 번째를 다툽니다."

"그렇군요."

그녀는 상당히 아름다운 외모를 가지고 있었지만 표정의 변화가 거의 없는 것이 특징이었다.

"채연수라고 합니다. 사부님께서 항상 명화방의 일류고수 중에서도 천하랑 부회장님의 말씀을 많이 해주시곤 했습니다. 그분은 평생을 그림자처럼 지하 세계의 균형을 위해 힘써 왔다면서 영웅이라고 일러주셨습니다."

"쑥스럽군."

천하랑은 그녀의 눈동자를 가만히 바라보았다.

그녀의 눈동자에선 은은한 금빛 물결이 일렁이고 있었는데, 그 안에 희미한 묵빛 구체를 품고 있었다.

"눈동자가 특이하군."

"여래금강권의 오의를 아주 일부분 깨닫고 나니 눈빛이 이렇게 변했습니다. 그 안에 김명화 사백의 권법을 전수받아 검은 구슬을 넣게 되었지요."

"흠, 금성회와 사성회의 만남이라… 김명화 협객 이후로 처음이 아닌가?"

"예, 그렇습니다. 하지만 신전익 선사께서는 앞으로 더 많은 속가제자들을 받아서 무공의 교류를 터놓자고 말씀하셨다 들었습니다. 앞으로는 훨씬 더 훌륭한 제자들이 배출될 것이라고 믿습니다."

"그래, 나도 기대하겠네."

명화방과 사성회가 반가운 만남을 갖고 있는 가운데 화랑회에서 네 명의 제자를 데리고 나타났다.

화랑회의 부회주인 청명이 천하랑에게 묵례를 하였다.

"부회장님, 오랜만에 뵙습니다."

"청명 부회주 아니신가? 한 15년 만에 보는 것 같군."

"어째 그때나 지금이나 부회장님은 나이를 안 드시는 것 같습니다."

"그놈의 내공 때문이지, 뭐."

청명의 뒤에 서 있던 제자들이 천하랑에게 고개를 숙였다.

"대선배님을 뵙습니다!"

"그래, 자네들에게 거는 우리 늙은이들의 기대가 크네. 분발해 주시게."

"예!"

청명은 천하랑에게 빨간 상자를 하나 건넸다.

"회주께서 전하라고 하셨습니다."

"이게 뭔가?"

"나중에 숙소에서 풀어보십시오. 선물이 들어 있다고 하셨습니다."

"음, 선물이라… 나는 아무것도 준비하지 못했는데."

"괜찮습니다. 이미 부회장님께선 우리 지하 세계에 많은 공헌을 하셨습니다. 이제부터는 받기만 하셔도 모자랄 것입니다."

"이것 참, 나중에 내가 한번 찾아뵌다고 전해주시게."

"예, 알겠습니다."

천하랑이 화랑회를 보내고 나니 저 멀리서 얼큰하게 술 냄새를 풍기며 개방의 제자들이 다가왔다.

콩, 콩, 콩!

표주박을 두드리며 흥겹게 춤을 추는 그들을 바라보며 무림인들이 실소를 흘렸다.

"어얼쑤, 좋다!"

"역시 개방이다. 무림대전 참가 신청 현장에서 낮술을 퍼마시다니 말이야."

개방의 장로 임진태가 열 명의 제자들을 데리고 들어와 천하랑에게 알은척을 했다.

"어이쿠, 이게 누구야? 천하랑 대협 아니십니까?"

"자네, 좀 마셨군그래."

"하하! 원래 세상이 취해 있는데 저라고 취하지 않을 수 있겠습니까?"

그는 자신의 뒤에 서 있는 제자들을 바라보며 말했다.

"이런 거지들 같으니, 어서 대선배님께 인사 올리지 않고 뭐하느냐?!"

"딸꾹! 대선배님을 뵙습니다!"

그들은 곧장 천하랑의 앞에 넙죽 엎드렸다.

술에 취하긴 했어도 절을 하는 각도가 칼 같은 개방의 제자들이다.

천하랑은 손사래를 쳤다.

"됐네. 그만 일어나게. 무슨 명절도 아니고 절을 다 하는가?"

"하하, 그래도 지킬 것은 지켜야지요!"

그는 천하랑에게 거대한 술 호로를 하나 건넸다.

"자, 선물입니다!"

"자네도 나에게 선물을 주시는가?"

"말년엔 이따금 선물을 받는 것이 낙이라고 누가 그러더군요. 그래서 준비했습니다."

"꼭 나 죽으라고 고사를 지내는 것 같군."

"하하, 말이 그렇게 됩니까?"

"아무튼 잘 마시겠네."

"하하, 오늘은 낮술 좀 하면서 지내십시오! 늙어서 낙이 뭐 있겠습니까?"

"그래, 고맙네."

천하랑은 술 호로를 손에 든 채 제자들을 이끌었다.

*   *   *

열정의 계절 여름이 완연한 가운데 무림대전이 열렸다.

째에엥!

엄청난 폭염이 내리쬐는 대한민국 폭염의 분지 대구에서 그 첫 번째 막이 올랐다.

대구 월드컵경기장에서 열린 제1차 예선전 경기가 시작됨에 따라 참가자 전원이 등에 번호표를 붙이고 경기장으로 입장하였다.

오늘 예선전은 TV로 생중계되지는 않지만 스포츠 일간지 기자나 인터넷 포털사이트의 사진기자들은 출입이 허용되었다.

기자들은 예선전에 참가한 우승 후보들을 주로 취재하였는데, 그중에서도 카메라 세례를 가장 많이 받은 쪽은 단연 20개의 무인 집단 후기지수들이었다.

앞으로 전 세계 코어 산업 시장을 이끌어 나갈 인재들이며 지구의 흥망성쇠를 결정할 중요한 인물들이기 때문에 관심이

가는 것은 어쩌면 당연한 일이었다.

무당파의 후기지수 중에서 내가권의 1인자로 손꼽히는 장예하가 그 첫 번째 예선을 치르게 되었다.

찰칵찰칵!

기자들은 장예하의 예선전 경기를 단 한 컷이라도 더 카메라에 담기 위해 다들 혈안이 되어 있었다.

장예하는 그런 것은 아랑곳하지 않고 자신의 싸움에 오롯이 집중하였다.

"후우……."

비무장에 오르기 전에 장예하는 운기조식과 명상으로 잡념과 혈도 안의 불순물을 전부 다 날려 버렸다.

이러한 과정을 거쳐야만 제대로 된 힘을 낼 수 있는 것이 바로 내가권이기 때문에 그는 하루도 이 과정을 거른 적이 없었다.

이윽고 운기조식을 끝낸 장예하가 비무장 위로 올라섰다.

그는 자신의 상대인 독일인 청년을 바라보았다.

미하엘 클라인.

이제 막 서른이나 되었을 법한 미하엘은 조금 특이한 무기를 들고 있었다.

그는 사람 키보다 족히 두 배는 더 큰 낫을 들고 서서 미동도 없이 장예하를 바라보고 있었다.

"시작하지."

"미하엘 클라인이라… 소속이 어딘지 궁금하군."

"말해도 모른다. 그냥 덤벼라."

장예하는 그가 말보다는 주먹이 앞서는 사람이라고 생각했다.

"자신감이 넘치는군그래, 그 자신감이 과연 근거가 있는 것인지 한번 두고 보겠어!"

<u>스스스스스!</u>

태극권의 태강청성심법이 장예하의 하단전에서부터 내가진기를 끌어올리도록 도와주었다.

이제 그의 태극권이 한차례 내가의 바람을 만들어낼 것이다.

휘이이잉!

태극과 건곤의 원을 그리며 서서히 출수된 내가진기를 회전시킨 장예하는 그것을 주먹에 담아 한차례 정권을 내질렀다.

"허업!"

퍼엉!

태극권의 칠성타공이 미하엘에게 날아들었다.

미하엘은 장예하의 칠성타공을 굳이 막아내려 하지 않고 오히려 돌진이라는 강수를 두었다.

아무리 못해도 70㎏은 족히 나가 보이는 거대한 낫을 든 미하엘이 연분홍색 진기를 담아 한차례 몸을 회전시켰다.

휘이리리릭!

그의 몸이 내뱉은 연분홍색 진기가 바람을 타고 소용돌이 치며 칠성타공을 튕겨냈다.

까앙!

그러곤 거대한 낫을 감싸고 있던 소용돌이가 낫 끝에 맺히면서 내공을 갈무리하였다.

"마지막이 되겠군!"

순간, 장예하는 헛물을 집어삼켰다.

"이런 말도 안 되는……?!"

설마하니 저런 엄청난 크기의 낫을 들고 전광석화처럼 움직일 수 있으리라곤 전혀 상상도 못 한 것이다.

거대한 흉기를 마치 밭의 호미처럼 가볍게 들고 뛰어오른 미하엘의 신형이 정확하게 장예하의 심장을 노렸다.

부웅!

그렇지만 여기서 순순히 당해줄 장예하가 아니었다.

"…그래도 여기서 끝은 아니다!"

그는 인영을 좌로 흘리면서 팔꿈치로 회전격을 쳤다.

쾅!

내가진기가 실린 팔꿈치 공격에 미하엘의 낫이 한차례 막혀 뒤로 물러났다.

미하엘은 그대로 낫의 손잡이를 지팡이처럼 사용하여 중심을 잡고 섰다.

"훗, 역시 명불허전이로군. 평범한 사람이었다면 심장이 터져 죽었을 텐데 말이야."

"그쪽이야말로 실력이 대단하군. 도대체 어떤 문파에서 그런 무지막지한 무공을 가르친단 말인가?"

"이 세상에는 재야고수가 많다. 나 같은 사람은 고수 축에 끼지도 못하는 나부랭이지만 적어도 수련을 게을리 하지는 않았다. 자신의 사문만 믿고 날뛰는 멍청이도 아니고 말이야."

"…뭐라?"

"네가 처음 나의 공격에 목숨을 잃을 뻔한 것은 모두 수련이 부족했기 때문이다. 그렇게 잘난 사문을 만났으면 그만한 각오와 노력을 했어야지. 만약 내가 무당의 가르침을 받았다면 네놈보다는 훨씬 나은 무인이 되었을 것이다."

"……"

미하엘의 말처럼 장예하가 사문의 서열만 믿고 초심을 잃은 것은 사실이지만 그렇다고 그가 아예 노력을 하지 않는 것은 아니었다.

나름대로 사문의 후기지수이고 타고난 천재성을 인정받았으며 그것을 토대로 나름대로 혹독한 수련을 거쳤다고 자부하였다.

하지만 미하엘이 볼 때 장예하는 그저 금수저를 물고 태어난 샌님에 불과했다.

"유럽의 무인들은 상당히 배가 고프다. 그래서 너희들처럼 따뜻한 이불에 삼시 세끼 챙겨 먹을 형편도 못 되지. 그나마 이름이 있는 용병단이라면 명문정파의 하청을 받아서 먹고사는데 지장은 없지만 그것도 안 되는 사람들은 허구한 날 손가락이나 빨다가 볼장 다 보곤 하지."

"으음."

"아마도 네놈은 내가 어려서부터 어떻게 살아왔는지 상상조차 하지 못할 것이다. 가문이 가난하여 밥은 굶지만 차마 무인의 자존심을 못 버려서 그 악순환의 고리가 돌고 돈다는 것을 말이다."

동북아시아의 무인들은 아무리 못 살아도 서민들 중에서는 그나마 먹고살 만한 수준의 대접을 받지만 유럽이나 아메리카는 그렇지가 못했다.

국가 간의 경제 규모가 유럽이나 동북아시아나 그리 엄청난 차이를 보이지는 않지만 무인들 간의 편차는 그야말로 극과 극이었다.

유럽의 무인들은 동북아시아의 명문정파들과는 달리 보유한 던전이 거의 없는데다 그나마도 한두 개의 파벌이 그것을 모두 다 독점하고 있기 때문에 돈이 잘 돌지 않았다.

코어 산업에 종사하는 사람들의 숫자는 많아도 무인들이 돈을 벌 장소가 마땅치 않았던 것이다.

그렇다고 유럽의 무인들이 동북아시아로 진출하자면 그 과정이 만만치 않아 좌절하는 경우가 많았다.

유럽과 아시아의 무공 수준은 그 차이를 논하기가 민망할 정도로 극명하기 때문에 유럽에서 손가락 안에 드는 사람도 아시아에선 그저 그렇고 그런 떠돌이에 불과했다.

때문에 유럽의 무인들은 코어 산업 하나만 보고 달려들었다가 말년에는 먹을 것이 없어서 굶어 죽기 딱 좋았다.

그래서 유럽에선 전문 용병단이 아니고서야 무인이라면 밥벌이도 제대로 못하는 한량 취급을 받기 일쑤였다.

아니, 오히려 뒷골목 암흑가의 마피아보다도 못한 취급을 받으니 차라리 자존심을 버리고 주먹의 길을 선택하는 사람이 더 많았다.

그런 환경에서 자라난 미하엘이 볼 때 장예하와 같은 명문정파의 제자들은 배부른 소리나 지껄이는 화화공자나 다름없었던 것이다.

미하엘은 오늘 이곳에서 장예하를 죽이고 자신이 동북아시아의 무인 세계로 진출하겠노라 선언하였다.

척!

"네놈의 목을 따서 내가 얼마나 강한 사내인지 증명해 주겠다."

"지금 이 자리에서 나를 죽이겠다고 선언한 것인가?"

"그렇다."

"하지만 아무리 무인 세계라고 해도 대회에서 사람을 죽이는 것은 결코 바람직한 일이 아닐 텐데?"

"경기의 규정에는 무림대전에서 일어나는 그 어떤 일도 감수하겠다는 서명을 해야 한다고 나와 있었다. 네놈도 거기에 서명을 했겠지."

"물론 서명은 했다. 하지만 그렇게 악의적으로 사람을 죽이고 무인계에 발을 들이려 한다면 아무도 너를 받아주지 않을 것이다. 오히려 무당파에서 너를 똑같이 만든다고 난리를 치지 않으면 다행이지."

"…결국 흙수저는 대회에서 이기지도 말란 말인가?"

"이기고 지는 것이 문제가 아니다. 대회에서 손속을 두는 것이 중요한 것이지."

미하엘은 실소를 흘렸다.

"이거야 원, 무서워서 어디 경기하겠나? 명문정파 중 으뜸이라는 무당파도 까고 보니 별것 없군그래."

장예하는 사문을 욕하는 미하엘의 한마디에 축 늘어졌던 자신의 몸을 바짝 일으켜 세웠다.

"…지금 우리 가문을 욕한 것인가?"

"그렇다. 이따위 후기지수를 내어놓고 당당히 대회 우승을 노린다니 기가 막혀서 말도 제대로 안 나오는군."

"그 말, 후회하게 만들어주지."

"좋을 대로."

미하엘은 아까와는 달리 표정이 싸늘하게 굳은 그를 향해 선제공격을 펼쳤다.

"네놈이 그래봐야 샌님이지!"

거대한 낫을 들고 돌진하는 미하엘의 몸에서 연분홍빛 아지랑이가 피어오르더니 이내 엄청난 가속도가 붙기 시작했다.

쐐에에에엥!

거의 육안으로는 분간도 제대로 되지 않는 미하엘의 쇄도는 가히 경악을 금치 못할 수준이었다.

미하엘은 자신의 승리가 확실하다고 생각했다.

'이런 샌님쯤이야!'

그러나 그는 무당파의 후기지수를 너무 얕잡아보고 있었다.

지금까지 손속을 두느라 제대로 공격을 펼치지 못한 장예하는 무당파의 오의 중 하나인 칠풍태학권을 출수했다.

부우우웅!

마치 말벌이 날아다니는 듯한 소리가 상단전에서부터 들리더니 백회혈을 뚫고 순백색 내가진기가 주먹 끝으로 모여들었다.

이윽고 일곱 개의 가닥이 서서히 늘어나 거대한 바람을 만들어냈다.

휘이이잉!

장예하는 그 바람을 한 점으로 갈무리하여 권을 쳤다.

"칠풍태학권!"

미하엘은 자신의 복부로 너무나도 자연스럽게 들어온 장예하의 권을 보곤 화들짝 놀라지 않을 수 없었다.

"…아니?!"

아까와는 사뭇 다른 그의 날카로움에 미하엘은 당황하여 쇄도하던 신형을 정지시키려 하였다.

하지만 한번 탄력을 받은 신체는 관성의 법칙에 따라서 쉽사리 멈추지 않았다.

결국 미하엘은 내장이 끊어지는 듯한 엄청난 타격을 입고 그 자리에 우뚝 서고 말았다.

쿠우우웅!

겉으론 멀쩡해 보이지만 미하엘의 내장은 극심한 타격을 받아 거의 구제불능 상태가 되어버렸다.

"우웨에에에엑!"

내가권은 주먹이 닿는 표면 너머를 치는 공격이기 때문에 외상은 전혀 문제가 되지 않는다. 다만 외과 수술로도 회복이 불가능한 상처이기 때문에 운이 좋아 지금 당장 목숨을 살린다고 해도 앞으로 그가 멀쩡히 살아갈 수 있을지는 미지수다.

한 움큼 내장 조각을 토해낸 미하엘이 그 자리에 그대로 쓰러져 버렸다.

쿵!

"네놈과 같이 인성이 썩어빠진 놈은 무공을 쓸 자격이 없다."

빠각!

장예하는 쓰러진 미하엘의 거대한 낫에 권을 쳤다.

내가권을 정통으로 맞은 낫은 더 이상 힘을 쓸 수 없을 정도로 심각한 손상을 입게 되었다.

이제는 검과 단 한 번만 부딪쳐도 낫이 산산조각 날 것이 분명했다.

장예하는 사문을 욕한 미하엘을 충분히 심판했다고 생각했다.

"어쩌면 좋은 무인이 될 수도 있었는데 안타깝군. 앞으론 조금 더 차분하고 정의롭게 살아갈 궁리를 해보아라."

"…이런 죽일 놈!"

비록 싸움에서 상대방이 극심한 내상을 입고 무기까지 잃었지만 무림대전에선 전혀 상관이 없었다.

일이야 어찌 되었든 간에 미하엘이 사문을 욕한 것은 중죄

이기 때문이다.

기자들은 미하엘의 패배를 카메라에 담으면서도 그의 사정에 대해선 일언반구도 언급하지 않았다.

"승리하셨군요! 지금 기분이 어떠십니까?!"

"어차피 예상된 승리였습니다. 자신의 실력만 믿고 까부는 것은 경우에 어긋나는 일이거든요. 경우에 어긋난 무인은 크게 클 수가 없습니다."

미하엘은 들것에 실려 가면서도 끝까지 그에게 욕을 해댔다.

"…언젠가는 반드시 복수하고 말겠다!"

그러나 장예하는 여전히 표정에 변화가 없었다.

제3장

인연

늦은 밤, 미하엘이 입원한 대구 영성병원으로 한 중년 남자가 찾아왔다.

똑똑.

한창 잠에 빠져 있던 미하엘이 슬며시 눈을 떴다.

"…누구요?"

"무당에서 왔네. 잠시 문을 열어도 되겠나?"

"……!"

미하엘은 오늘 자신은 이곳에서 목숨을 잃을 것이라고 생각했다.

무인의 세계에서 사문을 욕하는 것은 거의 부모님을 욕하는 것이나 마찬가지이기 때문에 말 한마디 잘못했다가 경을 치르는 경우가 생각보다 많았다.

그는 자신이 무당을 욕했다고 하여 목숨을 끊으려 살수가 왔다고 생각한 것이다.

어차피 죽을 것, 미하엘은 모든 것을 포기하였다.

"…나를 죽이러 오셨소? 그럼 기왕지사 죽이는 김에 편안하게 죽여주쇼."

"그게 자네의 마지막 부탁인가?"

"그렇수다."

지그시 눈을 감은 미하엘에게 중년 남자가 말했다.

"듣자 하니 우리 사문의 이름을 들먹이며 비아냥거렸다던데 그게 사실인가?"

"그렇소."

"그렇다면 지금 당장 내가 자네의 목숨을 끊어놓아도 할 말이 없다는 것을 잘 알고 있겠군."

"…마음대로 하시오. 어차피 내장이 다 뭉개져서 무공도 하지 못할 테니."

중년인은 불도 켜지 않은 채 그의 곁에 앉았다.

간이 의자에 앉아 있어서 얼굴이 보이지는 않지만 미하엘은 그의 몸에서 아주 진한 연꽃 냄새가 진동한다는 것을 알

수 있었다.

'…최소한 화경 이상의 고수다. 그럼에도 불구하고 아무런 감흥도 느끼지 못하다니, 그야말로 놀랄 노 자로군.'

미하엘은 순간적으로 그의 내공의 깊이에 감탄하였으나 어차피 그는 이곳에서 죽을 목숨이었다.

가만히 눈을 감고 있는 그에게 중년인이 물었다.

"그나저나 무공은 어디서 배운 것인가? 독일의 무공은 내가 식견이 짧아 제대로 알지 못해서 말이야."

"독일의 유명한 무인 집단은 아니요. 그냥 떠돌이 용병에게 배워서 혼자서 연성했을 뿐이오."

"혼자서 내가진기를 출수할 수 있는 경지까지 이르렀단 말인가?"

"…그렇소. 뭐 잘못된 것 있소?"

그는 고개를 저었다.

"아니, 그럴 리가. 오히려 놀라워서 하는 소리지."

"어차피 죽일 것인데 놀라고 말고가 뭐 중요하겠소? 죽일 것이라면 어서 빨리 죽여주시오. 나도 이제는 좀 쉴 테요."

중년인은 그의 배에 살며시 손을 올려놓았다.

스스스스!

순간, 미하엘은 자신의 배를 타고 흘러드는 부드러운 진기를 느끼곤 눈을 번쩍 떴다.

"뭐, 뭐 하는 짓이오?!"

"정말로 단전이 파괴되었는지 살피는 것이네."

중년인은 대략 10초 만에 손을 뗐다.

그는 슬그머니 미소를 지었다.

"흠, 다행히도 단전은 파괴되지 않았군. 하지만 당분간 몸을 운신하기는 힘들겠어. 어쩌면 몇 년이 걸릴지도 모르고."

"남의 내장이 파열되어서 운신을 못 하는데 뭐가 웃겨서 웃는 것이오?"

"웃기다기보다는 그냥 좀 신기해서 웃는 걸세. 어쩌면 다행이다 싶기도 하고."

"다행이라니?"

"우리 사문의 제자로 받아들이기에 아직 늦지 않은 것 같아서 말이네."

"……?"

"만약 돌아갈 사문이 없다면 나의 제자가 되어 처음부터 다시 무공을 배워보는 것은 어떠한가? 어차피 내장을 다쳐서 무공을 새로 수련해야 하지 않은가?"

순간, 미하엘은 고개를 갸웃거렸다.

"아니, 그쪽의 사문을 욕한 사람을 제자로 들인다고 하셨소?"

"그러하네만?"

"머리가 어떻게 된 것 아니오? 나 같은 무지렁이 건달도 사문을 욕한 사람을 살려두지 않음을 잘 알고 있소. 하물며 당신과 같은 정통무인이 나를 제자로 거둔다니, 그게 말이 되는 소리요?"

중년인은 이 일에 대한 내막에 대해 설명하였다.

"우리 사문의 제자가 자네와 싸워 내공을 파하고 무기를 부러뜨린 것은 일부분 미필적고의였다네."

"그게 무슨 말 같지도 않은 소리요?"

"예하가 자네와 싸우려는데 뭔가 기운이 심상치 않아서 출신 성분을 물어보니 사문이 없는 것 같았다고 하더군. 그래서 실력을 봐서 무당그룹의 용병단에 끌어들이려다가 그 경지가 워낙 높아서 일부러 무공을 폐하고 무기를 부러뜨린 것이지. 일개 용병으로 썩기엔 아깝다고 생각한 거야."

"그럼 사문을 욕한 죄 때문에 내가 이 꼴이 된 것이 아니라는 소리요?"

"뭐, 그런 부분도 당연히 있지. 하지만 그런 점은 내장이 파열되고 무기를 잃은 것으로 대신하고 앞으로 사문에 속죄하면서 소속감을 갖는다면 그 누가 뭐라고 할 수 있겠나? 무인으로서 자신의 무기를 잃고 내장 파열을 당한 것이 얼마나 큰 타격인지 너무나도 잘 알고 있는데 말이야."

미하엘은 지금 이 사람의 말을 곧이곧대로 믿을 수가 없었다.

자신은 분명 근본도 없는 떠돌이 무사인데 무엇 때문에 명문정파가 스카우트를 해간단 말인가?

그는 다시 한 번 그의 의중을 떠보기로 했다.

"내가 속가제자로 들어가게 되면 분명 반발이 없지 않을 텐데, 어쩔 생각이시오?"

"반발? 무슨 반발 말인가?"

"사문을 욕보인 데다 근본도 없는 쌍놈인데 누가 좋아하겠소?"

"하하, 그건 방금 전 내가 말해주지 않았나? 이미 그 죗값은 다 치렀다고 말이야."

"그럼 순전히 나의 가능성만을 보고 데리고 간다는 소리요?"

"늦은 나이이지만 자네를 우리 사문에서 거두고 키워낸다면 앞으로 큰 인물이 될 수도 있겠다 싶은 것이지. 물론 사문에서 무공을 배우고 나서 하산할 정도의 위치가 된다면 자네가 사문을 떠나고 남는 것은 자유일세. 하지만 그 전까지 나는 자네를 사람답게 키워서 사리 분별을 하는 진짜 무인으로 키우고 싶은 거야. 그게 다 일세."

"흠……."

그는 미하엘의 침대 위에 명함을 한 장 올려놓았다.

무당그룹 이사 장초순

순간, 미하엘은 말문이 턱 막혀 버렸다.

'이, 이사?!'

그에게 명함을 준 사내는 바로 장문과 같은 항렬인 최고의 격투가 장초순이었던 것이다.

만약 그가 미하엘에게 진심으로 말을 꺼낸 것이라면 이건 세상에 둘도 없는 기회일 터였다.

미하엘은 가만히 누워 천장을 바라보며 읊조렸다.

"사람이 죽으라는 법은 없다더니……."

무당에서의 수련이 이 세상 그 어떤 생존 훈련보다 힘들고 괴롭다는 소리는 익히 들어서 잘 알고 있지만 그래도 삼시 세 끼 밥은 잘 줄 테니 미하엘로선 나쁠 것 없는 조건이었다.

그는 명함을 손에 꼭 쥐었다.

*　　　　*　　　　*

무림대전이 열린 지 열흘째.

드디어 예선이 끝나고 본선으로 올라온 300명의 무인이 대 혈투를 벌이게 될 것이다.

남성그룹 산하 스포츠TV에서는 이 무인들 간의 혈투를 생 중계하고 인터넷 홈페이지를 통해 입장 티켓을 판매하기로 했다.

이제 남성그룹의 주도하에 무림연맹은 무공을 대대적으로 홍보하고 그것을 대중화 시키는 데 노력을 기울이게 된 것이다.

무림대전이 열린 목적과는 상관없이 대회는 전 세계적인 관심과 사랑을 받게 되었다.

본선 제1회가 열리는 시간에 맞춰 총 30명의 선수들이 토너먼트가 진행되는 비무장으로 모여들었다.

오늘 경기에는 끄나풀들을 제거하는 임무를 받고 참가한 각 문파의 후기지수들이 출전하게 될 것이다.

본선 제1회 첫 경기에는 사성회의 채연수가 나서게 되었다.

─무림대전 첫 번째 경기, 사성회의 여류협객 채연수 대 아미파의 연검장인 성주역의 대결이 펼쳐지겠습니다!

"와아아아아아!"

채연수는 아미파의 끄나풀 5명 중에서도 가장 항렬이 높은 성주역을 이곳에서 살해할 각오로 섰다.

원래 지하 세계의 친선경기는 손속을 두는 것이 보통이지만 사람이 죽는다고 해서 크게 문제될 것은 없었다.

어차피 검과 권, 창 등은 사람을 다치게 하거나 죽게 하는 것이 본디 목적이니만큼 사고가 발생한다고 해서 문제를 삼을 수 없다고 판단한 것이다.

물론 지금까지 지하 세계에서 연 무공 시합은 사이가 좋은 문파 두 곳이나 세 곳이 모여서 작게 치렀기 때문에 사람이 죽은 적은 한 번도 없었다.

하지만 20개의 문파가 참여하고 수천 명의 무인이 참여한 글로벌 무공 시합이니만큼 경우의수는 많아질 것이다.

채연수는 아미파의 차기 장로로 선출된 성주역을 바라보며 물었다.

"선배님, 이 후배가 먼저 선공을 하고 싶습니다. 혹시 가능하다면 한 수 물려주실 수 있는지요?"

"한 수 물려주는 것은 어렵지 않으나 이곳은 신성한 대회장이니만큼 정정당당하게 겨루는 것이 좋겠는데요."

"뭐, 그렇다면 별수 없지요."

채연수는 사성권의 성세를 밟았다.

척!

그녀의 성세는 정통 사성권을 그대로 이어받아 도저히 빈틈을 찾을 수 없었다.

그렇지만 성주역이 연검의 장인으로 불리는 것은 마치 유연한 뱀처럼 상대방의 빈틈을 잘 파고들기 때문이다.

만약 채연수가 조금이라도 집중력의 끈을 놓는다면 곧바로 목숨을 잃을 수도 있을 것이다.

먼저 공격을 한 쪽은 성주역이었다.

휘리리릭!

물가를 헤엄치는 물뱀처럼 아주 빠르고 유연하게 쇄도해 들어온 성주역의 검이 채연수의 목덜미를 노리고 들어갔다.

휘릭, 휘릭, 휘리리릭!

도대체 몇 번을 휘어져 들어오는지 눈이 빙글빙글 돌 정도로 변수가 많은 연검술이었다.

그러나 채연수는 이미 그에 대한 방비를 전부 다 해놓은 상태였다.

그녀는 연검이 공격의 물꼬를 찾아가지 못하도록 최대한 압박하면서 거리를 좁혀 나갔다.

"이얍!"

아주 짧은 단말마와 같은 기합이 터지면서 그녀의 무릎이 성주역의 검 손잡이를 쳐냈다.

퍽!

그러곤 곧바로 사성권의 특징이자 강점인 무한적 연계기가 줄줄이 이어져 나왔다.

무려 열다섯 개의 기본 초식이 이어지면서 연검술의 공간이 나오지 않도록 지속적으로 압박하였다.

"공간이 없으면 검이 갈 길도 없는 법!"

그녀는 한차례 주먹으로 성주역의 검을 속박해 놓은 뒤 곧장 팔꿈치를 흘려 명치를 타격하였다.

퍼억!

"쿨럭!"

성주역은 분명 실력이 뛰어난 무인이었지만 항상 뛰는 놈 위에 나는 놈이 있게 마련이다.

어린 나이에 벌써 성주역의 무공으론 결코 따라갈 수 없는 경지에 이른 것이다.

그는 채연수에게 얻어맞으면서도 의구심을 품었다.

"…애초에 상대가 안 되는 싸움이다. 이것은 나를 죽이기 위해 사성회가 일부러 대진표를 조작한 것이 분명해."

"말이 되는 소리를 해야지."

채연수는 급소를 얻어맞아 몸이 굳어버린 그녀에게 슬그머니 말을 흘렸다.

"…그게 아니고 무림연맹에서 너를 죽이기로 한 거야. 네 사문까지 합세해서 말이야."

"뭐, 뭐라고?"

그녀는 성주역의 관자놀이를 주먹으로 힘껏 내려쳤다.

빠악!

그러자 그녀의 눈에서 핏물이 쭉 뿜어져 나왔다.

푸하아아아악!

"허, 허억! 경기 종료! 채연수 승!"

단 일격에 피를 뿜으며 기절한 성주역에게 마스크를 쓴 의료진이 달려 나왔다.

"응급 환자다! 어서 병원으로 옮겨!"

"예!"

그런데 의료진의 눈빛에 어쩐지 다급한 기색이 느껴지지 않았다.

잠시 후, 그들이 구급차의 문을 열었을 때엔 그 안에 천하랑과 이명수가 들어 있었다.

"아아, 이 사람인가?"

"예, 선배님."

의료진이 마스크를 벗자 놀랍게도 아름다운 여성들의 얼굴이 드러났다.

그녀들은 재빨리 구급차의 문을 닫았다.

"어서 가시지요. 한시라도 빨리 우리 아미파에 어떻게 잠입했는지 알아내고 싶습니다."

"그래, 가세나."

의료진으로 잠복해 있던 아미파의 후기지수들은 자신의 문파와 사형제를 배신한 그녀를 죽이기 위해 단단히 벼르고 있었다.

하지만 그 이전에 일단 배후를 캐낸 다음 일을 진행해야 할 것이다.

그녀들은 독한 마음을 품고 병원으로 향했다.

　　　　　*　　　　　*　　　　　*

　늦은 밤, 중국 베이징의 뒷골목으로 검은색 트레이닝복을 입은 사내가 들어섰다.

　저벅저벅!

　그는 어둡고 침침한 네온사인 사이로 살며시 보이는 작은 술집을 향해 걸어갔다.

　잠시 후, 그가 술집 앞에 멈추어 서자마자 허리가 구부정한 노인이 기다렸다는 듯이 모습을 드러냈다.

　"왔는가?"

　"……"

　아무런 대답도 없는 청년이지만 노인은 크게 개의치 않는 것 같았다.

　노인은 그에게 사진 한 장을 건넸다

　"이번 목표일세."

　"…이게 목표라고? 사람이 아닌데?"

　"할 수 있겠나?"

　청년은 조용히 고개를 끄덕였다.

　"사람이든 물건이든 없애는 것이 내 임무니까."

　"그래, 잘 알고 있군."

노인은 그에게 은색 슈트케이스를 하나 건넸다.

"이번 보수는 좀 넉넉해. 아마 지금까지 자네가 받은 성공 보수와는 차원이 다른 돈을 갖게 될 거야."

"…돈."

"왜? 이제는 돈도 싫어질 때가 온 건가?"

"아니."

청년의 표정이 썩 좋지 않다는 것을 감지한 노인이 고개를 갸웃거렸다.

"설마하니 이 생활에 염증을 느낀 것은 아니겠지?"

"…그건 아니야."

"그런데?"

"……."

그가 별다른 대답이 없자 노인은 물어보는 것을 포기하였다.

"뭐, 사람의 기분이 항상 같을 수는 없지. 너 역시 사람이라는 것을 내가 깜빡한 모양이다. 미안하다."

"별로."

"아무튼 이번 의뢰는 차질 없이 진행해 주기를 바란다. 할 수 있지?"

"당연하지. 그게 내가 살아 있는 이유인데."

이윽고 청년이 돌아서 떠나가자 술집 안에서 금발의 미녀가 걸어 나왔다.

그녀가 멀어지는 청년을 바라보며 읊조렸다.

"살인 기계도 사람이라고, 감정이라는 것이 생긴 모양이지?"

"설마. 그럴 수 있을 확률은 없어."

"그럴 확률이 없다니? 상대성이론은 그럼 뭔데?"

"이론은 이론일 뿐, 절대적인 결과물도 존재하게 마련이지. 그리고 상대성이론이 적용된다면 이 세상에는 절대적인 결과물이 존재할 수도 있는 것 아닌가?"

"모순적이군."

"원래 이 세상은 모순 덩어리야. 바로 어제 태어난 아이도 숨을 거두는 마당에 정작 100살이 넘은 네가 멀쩡히 살아 있는 것처럼 말이야."

"후후, 그건 그렇지. 그것도 무려 이렇게 아름다운 금발의 미녀인 상태로 말이지?"

노인은 이제 그만 그녀를 밖으로 내보냈다.

"가라. 피곤해."

"벌써 피곤하다고? 이제 초저녁인데?"

"나도 나이를 먹나봐."

"이거 실망인데? 예전의 마크가 아니라는 소리잖아?"

"예전이고 나발이고 우리가 처음 만났을 때는 무려 70년 전이야. 거의 한 세기 전에 너와 내가 만난 거라고. 알아들어?"

"쳇, 재미없는 노인네군."

"그런 노인네를 찾아온 사람이 바로 자네 아닌가?"

그녀는 노인의 엉덩이를 손바닥으로 소리가 나도록 세차게 후려갈겼다.

짜악!

"…뭐 하는 짓이야? 망측하게."

"망측하긴, 원래 하던 대로 행동하는 건데. 그거 알아? 사람이 너무 변하면 죽을 때가 다 된 거래."

"아직도 삶에 욕심이 있나? 지독하구먼."

"후후, 원래 세상은 아름다운 것이잖아? 나는 그 아름다움을 조금 더 즐기겠어."

"잘났군."

금발의 미녀는 이제 미련 없다는 듯이 술집을 나선다.

"잘 있어. 조만간 또 보자고."

"좋은 소식 기대하고 있을게."

여전히 발랄한 모습의 그녀를 바라보더니 노인이 고개를 저으며 말했다.

"…세월이 비켜가서 그런지 철도 비켜간 모양이군."

노인은 다시 허름한 술집 안으로 쏙 들어가 버렸다.

*　　　　*　　　　*

뉴욕 센트럴파크에 소복이 눈이 쌓였다.

뽀드득뽀드득.

미국 내무부장관 루카스 파웰과 재무부장관 가빈 프라이스가 커피 한 잔을 들고 새벽의 눈길을 걷고 있다.

루카스 파웰이 가빈 프라이스에게 노란색 서류 봉투 하나를 건넸다.

"말씀하신 서류입니다."

"고맙습니다."

"그나저나 이 엄청난 자금을 다 어디서 마련하신 겁니까?"

"로키산맥에 새로 생겨난 던전들에 대해 세금을 거두어들이고 있습니다. 그 과정에서 약간의 이윤이 생겨나 자금 조성이 가능해진 것이지요."

"으음, 그러니까 이건 비상금이다?"

"사조직의 돈만으론 그 많은 땅을 회수하기 힘듭니다. 더군다나 아직까지 끄나풀이 누구인지도 모르는 상황에서 함부로 자금을 움직였다간 순식간에 뒤통수를 후려 맞을 겁니다."

"하긴, 그건 그렇군요."

"아무튼 간에 CIA 도움 없이 이런 일을 해내다니, 장관님도 참 대단하십니다."

"이 리스트를 뽑는 데 무려 나흘 밤을 꼬박 새웠습니다. 덕분에 휘하의 사무관들만 죽어나갔지요."

"원래 유능한 사람들은 부려먹으라고 있는 겁니다. 그런 사람들이 있기 때문에 아직까지 미국이 건재한 것 아니겠습니까?"

"그래요. 그건 맞는 얘기입니다."

내무부장관이 재무부장관에게 건넨 것은 청야성의 자금 세탁 수단으로 생각되는 토지대장들이었다.

이것들은 현재 영국계 자본으로 위장하여 마치 거미줄처럼 얽히고설키면서 서로를 지배하고 또한 밀어주면서 덩치를 유지해 나갔다.

1980년대 로널드 레이건 정권하에서 펼쳐진 막대한 부동산 호황에 힘입어 생성되기 시작한 청야성의 뿌리 깊은 돈세탁의 역사는 아주 화려했다.

지금까지 밝혀진 금액만 무려 30억 달러. 조사 기간이 그리 길지 않은 것으로 볼 때 더 많은 비자금이 숨겨져 있을 것으로 예상되었다.

루카스 파웰이 그들에 대해서 철저히 조사하고 가빈 프라이스가 그들을 도려내기 위해 칼을 잡았다.

아마 이대로 조금만 더 시간을 갖게 된다면 비선 실세로 지목된 그를 잡아 감옥으로 보낼 수도 있을 터였다.

두 사람은 얼마 전 남궁그룹에서 결의된 청야성 타도 모임에서 받아낸 자료를 토대로 끄나풀에 대한 조사를 벌였다.

현재 청야성의 끄나풀로 지목된 사람은 총 두 명으로 한 명은 현직 상원의원이고 또 한 명은 CIA 부국장이었다.

이 두 사람을 옭아매고 그들이 가지고 있는 비자금까지 싹 털어내자면 두 사람이 대외적으로 모습을 드러낼 수가 없었다.

때문에 그들은 이렇게 은밀하고 침착하게 일을 풀어나가면서 서서히 청야성의 그림자를 걷어내고 있던 것이다.

루카스 파웰은 가빈 프라이스에게 미국 부통령에 대한 얘기를 꺼내 들었다.

"조사를 벌이다가 알아낸 사실인데 말입니다. 아무래도 부통령님이 좀 수상하더군요."

"수상해요?"

"청야성이 가진 물건 중에서 부통령님의 이름으로 된 지분이 꽤 발견되었습니다. 물론 실명으로 물건을 가진 것은 아닙니다만, 소유주들의 이름을 캐내어 조사를 해보니 결국 부통령님이 나오더군요."

"…그렇다면 부통령께서도 청야성의 끄나풀일 가능성이 있다는 소리 아닙니까?"

"얘기가 그렇게 되지요."

"이것 참, 난감한 일이군요."

"그렇지만 아직까지 사실 확인이 된 것은 아니기 때문에 함부로 속단하기엔 이릅니다. 잘하면 명의 도용을 의심해 볼 수도 있을 것이고요."

"명의 도용이라……."

"흔히 명의 도용은 부당한 이득을 취하기 위해서, 또는 금전적인 편취를 위해서 자행됩니다. 하지만 지금과 같은 경우엔 뭔가 대단한 음모가 숨겨져 있겠지요."

다른 사람도 아니고 미국의 부통령이 청야성의 끄나풀이 되었다는 것은 생각보다 훨씬 더 심각한 일이었다.

부통령이 엮여 있는데 앞으로 또 무슨 일이 벌어질지 아무도 예상을 할 수 없던 것이다.

"아무튼 계속해서 조사를 하다 보면 좋은 소식이 있을 겁니다."

"그래요. 꼭 그렇게 될 겁니다."

두 사람은 계속해서 서류를 주고받으며 얘기를 이어나갔다.

* * *

그날 밤, 루카스 파웰이 자택 인근에 있는 작은 펍에서 걸어 나왔다.

딸랑!

아주 오래전부터 이 동네에서 살아온 루카스는 정계에 입문한 당시는 물론이고 장관이 된 지금까지도 선술집을 애용한다.

자신이 꿈꿔오던 장관이라는 직책을 손에 넣었음에도 불구하고 루카스는 아직까지 초심을 유지하고 있던 것이다.

그는 나라를 위해서 헌신하고 노력하겠노라 다짐한 젊은 시절의 굳은 의지가 흐려지는 것을 결코 원치 않았다.

그래서 지금까지 단 한 번도 사치를 부린 적이 없었고 향락은 거의 노이로제 수준으로 멀리하였다.

덕분에 루카스는 지금까지 미국 정부 각처의 역대 수장들 중에서 가장 청렴하고 올바르다는 평을 받았다.

사치와 향락 대신에 아주 반듯하고 깔끔한 일 처리로 신뢰와 믿음을 쌓아가고 있던 것이다.

루카스는 자신이 나라를 위해 헌신하겠다는 다짐을 아직까지 이어가고 있었기 때문에 남궁세가에서의 결의를 아주 기꺼이 받아들인 것이다.

지금도 그는 미국에서 어서 빨리 끄나풀을 뿌리 뽑아야 한다고 생각했다.

펍에서 데킬라 한 잔에 맥주 두 병을 마시고 나온 그는 자택으로 돌아가 다시 업무에 집중할 예정이다.

비록 술이 약간 들어가긴 했지만 오히려 지금이 그의 집중력이 정점을 찍을 시기이다.

그는 약간의 알코올이 들어가면 정신이 흐릿해지기보다는 이상한 긴장감으로 인해 평소에는 보이지 않던 것까지 보이는 발군의 집중력이 발휘되었다.

평소의 업무에는 술이 필요하지 않지만 지금처럼 초고도의 집중력이 필요한 시기가 되면 항상 술을 찾곤 했다.

그는 집으로 돌아가는 길에도 태블릿PC를 들고 자료를 검토하는 중이다.

"쓰읍, 후우."

엄청난 애연가로 유명한 그는 하루에도 두 갑이 넘는 담배를 피워대는데, 지금처럼 집중이 필요한 업무에는 더더욱 니코틴을 갈구했다.

한 손에는 태블릿, 한 손에는 담배를 쥔 그가 길을 걸어가는 그때였다.

서걱!

그는 자신의 목덜미를 스치고 지나간 아주 뜨겁고도 아릿아릿한 무언가를 느꼈다.

이윽고 그는 마치 분수처럼 쏟아져 내리는 자신의 혈액을 손으로 고스란히 받아내야 했다.

푸하아아아아아악!

"컥, 캑, 캑!"

경동맥이 절단되면서 사방으로 그의 선혈이 쏟아져 내렸다.

루카스는 떨리는 손으로 자신의 주머니를 뒤져 핸드폰을 찾아내려 했으나, 다시 한 번 날아온 총알에 맞아 손이 잘리고 말았다.

피융!

픽!

"쿨럭쿨럭!"

단 한 발에 손이 통째로 날아간 그는 서서히 허물어져 길바닥에 쭉 뻗어버리고 말았다.

과다 출혈로 서서히 쇼크가 시작되려는 것이다.

그는 눈앞이 뿌옇게 물드는 것을 느꼈다.

"컥, 컥, 컥!"

어떻게 해서든 살아남으려고 노력했으나 다시 한 번 날아든 총알에 맞아 심장을 관통당하고 말았다.

퍼억!

"끄으으으……"

가뜩이나 과다 출혈로 혈압과 맥박이 느려진 상태에서 심장까지 관통을 당했으니 저세상으로 가는 것은 시간문제였다.

더군다나 이 동네는 다운타운과 꽤 멀리 떨어져 있기 때문에 밤이 깊으면 사람의 통행이 상당히 드물었다.

아마 지나가는 행인이 그를 빨리 발견했다면 만분의 일의 기적으로 목숨을 건질 수 있을지도 모르지만 지금은 아니었다.

바람이 불면 꺼져 버릴 등불과도 같은 신세였다.

그는 죽어가는 가운데에도 스스로의 피를 잉크 삼아 바닥에 글귀를 적어 내려가기 시작했다.

슥슥.

바닥에는 '3315@111#123'이라는 글귀가 적혀 있다.

잠시 후, 그는 결국 숨을 거두고 말았다.

"으허……."

이제 막 숨이 끊어진 그의 안색이 바래져 갈 즈음, 저 멀리서 자동차 한 대가 달려왔다.

자동차는 동네를 지나가던 주민의 것이었다.

그는 길바닥에 쓰러져 있던 루카스를 발견하곤 화들짝 놀라 차에서 내렸다.

"루카스! 이봐요! 루카스!"

이미 숨이 끊어져 버린 그를 흔들어 깨우던 주민은 이내 경찰에 신고부터 했다.

"911이죠?! 여기 사람이 죽어 있습니다! 이곳이 어디냐면……."

침착하게 신고를 한 그는 주변을 둘러보았다.

혹시나 누군가 고의로 총을 쏘고 도망갔을 수도 있다는 생각에 용의자를 찾아보려는 것이다.

하지만 손목이 한 방에 날아갈 정도로 거대하고 강력한 소총을 사용한 사람이 근거리에서 사격했을 리는 없었다.

역시나 허탕을 친 그는 당장 주민들에게 고함쳤다.

"테러입니다! 테러가 났다고요! 다들 집에서 나오지 말아요!"

그의 한마디에 동네는 순식간에 공포의 도가니로 바뀌어 버렸다.

*　　　*　　　*

같은 시각, 가빈 프라이스의 대형 세단이 브루클린의 외곽 선착장으로 달려 나가고 있다.

부아아아앙!

거의 가속페달에 문제가 있나 싶을 정도로 세차게 달려 나가는 가빈의 세단 뒤에는 승합차 네 대가 따라붙고 있었다.

가빈은 육성으로 욕지거리를 씹어뱉었다.

"젠장! 하필이면 이럴 때……!"

그는 오늘 저녁 약속이 잡혀 있는 뉴욕 맨해튼으로 가던 도중 괴한들의 추격을 받았다.

처음엔 그냥 검은색 밴이라고만 생각한 그들은 점점 더 가빈을 바짝 쫓아오기 시작했다.

페달을 밟으면 밟을수록 더욱 바짝 추격해 오는 그들의 압박은 그야말로 비명이 절로 나오는 악몽과도 같았다.

가빈은 브루클린 외곽에서 그들을 따돌리려 노력하였지만 모든 것이 헛수고였다.

이쪽은 차가 한 대이지만 저쪽은 넉 대였으니 사방에서 포위하며 길을 차단하면 천하의 가빈이라도 뾰족한 수가 없었다.

결국 괴한들이 가빈의 턱밑까지 바짝 추격의 고삐를 조여왔다.

부르르르릉!

귓가에 차의 엔진 소리가 들릴 정도로 바짝 달라붙은 승합차는 거침없이 가빈의 차를 들이받아 버렸다.

콰앙!

"크헉!"

한차례 충격이 가해지자 가빈은 뇌가 좌우로 흔들리는 느낌을 받았다.

하지만 그들의 공격은 거기서 끝이 아니었다.

뒤에서 한 방, 왼쪽에서 한 방 들이받고 나더니 사방에서 차들이 그를 향해 달려들었다.

쾅, 쾅, 쾅!

"…이런 빌어먹을!"

이젠 꼼짝없이 놈들의 먹잇감이 되어버린 가빈은 그저 가속페달에서 발을 떼지 않는 수밖에 없었다.

그저 살기 위해서 본능적으로 페달을 밟은 가빈이었지만 그것이 수렁이 될 줄은 꿈에도 상상하지 못했다.

전속력으로 달리는 가빈의 앞으로 갑자기 승합차가 튀어나와 길을 가로막아 버린 것이다.

끼이이이익!

재빨리 브레이크를 밟긴 했지만 이 짧은 타이밍에 어찌 줄일 방도가 없었다.

결국 그의 차는 괴한들의 승합차 옆구리에 콕 처박히고 말았다.

콰아앙!

단 한 방에 차량의 보닛이 완전히 접혀 버렸고, 앞 유리창과 와이퍼까지 완전 박살이 났다.

안전벨트와 에어백 덕분에 한 방에 목숨을 잃지는 않았지만 워낙 빠르게 달리던 차량 안이라서 몸이 멀쩡할 리가 없었다.

뇌진탕에 흉부 골절까지 일어난 그는 코와 입에서 새빨간 선혈을 뿜어냈다.

"쿨럭쿨럭!"

기침을 할 때마다 피가 한 움큼씩 튀어 오르는 그의 모습은 가히 빨간 물감을 뿜는 분수와 같았다.

차량은 물론이고 차량 밖에까지 튀어 붙은 그의 혈액은 사고의 처참함을 고스란히 방증해 주고 있었다.

잠시 후, 승합차에서 우람한 덩치의 사내들이 한 무리 내려서 피를 토하고 있는 가빈에게 다가왔다.

"캑, 캐액!"

"장관님께서 이게 무슨 날벼락이람? 설마하니 장관 배지 달고 이런 황당한 일을 겪으리라곤 상상조차 못 했을 거야. 그렇지?"

가슴 속에서 피가 터지는 바람에 계속해서 피를 게워내는 그에게 사내들이 물었다.

"좋아, 뭐 이렇게 된 김에 선택지를 주겠어. 원래 이렇게 선택지를 주는 성격이 아닌데 피를 토하는 모습에 감동을 받았다고나 할까?"

"…무슨 개소리냐?"

"첫 번째 선택지는 총살, 두 번째 선택지는 교살. 어떤 것이 좋아?"

처음부터 그를 죽이기 위해 찾아온 모양인지 다짜고짜 어떻게 죽을 것인지부터 묻는 괴한들이다.

기가 막히고 코가 막힐 지경이었지만 이게 바로 현실이었다.

"쿨럭쿨럭!"

"거참, 자꾸 각혈할 거야? 우리도 바쁜 사람이라고. 딱 결정해. 어떻게 죽을지는 본인 스스로가 정하는 편이 좋으니까."

"…닥쳐! 이 미친놈들! 청야성의 끄나풀로 살아가니 좋더냐?"

"좋지. 복리후생 좋지, 돈 잘 주지, 거기에 가끔 이렇게 사람 가지고 놀 수 있는 기회도 주잖아? 이렇게 좋은 회사가 어디 있겠어?"

그는 고개를 가로저었다.

"미친놈들, 네놈들에겐 미래가 없다! 그렇게 닥치는 대로 먹고 지배하는 공간 속에서 과연 살아남을 수 있으리라고 생각하나? 흥, 천만의 말씀이지!"

"곧 죽을 놈이 말이 왜 이렇게 많아?"

죽기 직전에 자신의 모든 힘을 쥐어 짜내 괴한들을 교육시킨 가빈은 마지막 각혈을 뿜어냈다.

"우웨에에엑!"

푸하아아아악!

길고 걸쭉하게 피를 뱉어낸 가빈은 이내 과다 출혈 및 장기

파열로 인해 사망하고 말았다.

결국 사고로 인해 죽어버린 가빈을 바라보며 괴한들은 아쉬움을 토로했다.

"쳇, 보너스를 받을 수 있는 찬스였는데."

"인명재천이라는 말이 있다지? 사람은 원래 살 만큼 살다가 죽는 거야. 하늘의 뜻이 그러한데 뭐 어쩌겠어?"

"아무튼 시신부터 챙기자."

괴한들은 가빈의 차를 브루클린 만에 밀어 넣어버리고 그 안에 들어 있는 시신만 챙겨서 차에 실었다.

첨벙!

한차례 물보라를 토해낸 차가 바닥으로 가라앉자 괴한들은 슬슬 출발할 준비를 시작했다.

"자, 그럼 돈 받으러 가볼까?"

"좋지."

"그나저나 저쪽은 어떻게 됐대? 사람 잡는다고 대물을 가지고 갔잖아?"

"3㎞ 밖에서 저격해서 죽였다고 하더군. 지금 경찰이 시신을 수습하긴 했는데 워낙 사람을 처참하게 죽여서 보너스가 지급된대."

"…젠장, 우리도 쇼 좀 하다가 죽일 걸 그랬나?"

"아까부터 내가 말하지 않았나? 인명은 재천이라고."

"그놈의 재천 타령은."

이제 떠날 준비를 모두 마친 괴한들은 유유히 사건 현장을
벗어났다.

제4장

재앙이 일어나다

이른 아침, 미국의 언론사들은 두 장관의 죽음을 앞다투어
보도하였다.

자신이 사는 동네에서 피살된 루카스와 브루클린 만에서
실종된 가빈의 소식은 미국의 소식통뿐만 아니라 외신들까지
경악에 빠져들게 만들었다.

지금까지 동네 한복판에서 장관급 인사가 피살을 당하는
경우가 없던 미국으로선 당황스럽기 그지없었다.

더군다나 그들은 미국 대대로 전해져 온 장관급 인사 중에
서도 일 잘하고 덕망이 높기로 유명했기 때문에 그 아쉬움은

이루 말로 다 할 수 없었다.

두 장관의 죽음으로 인해 실의에 빠져 있던 백악관에서는 차관 주재로 내각을 대체하고 조만간 다시 인사를 단행하고 내각의 기틀을 잡겠다고 발표하였다.

찰칵찰칵!

뉴욕 경찰당국은 아침부터 시작된 살인사건 조사에 모여든 기자들과 외신들을 쫓아내느라 바빴다.

"찍지 마세요! 자꾸 이러시면 곤란합니다!"

"경관님, 한 말씀만 부탁드립니다! 현재 밝혀진 용의자가 있습니까?!"

현장을 지휘하고 있던 벤자민 그레이는 자신이 알고 있는 모든 것을 최대한 간결하게 설명해 주었다.

"지금까지 이 사건에 대해 밝혀진 사실은 아무것도 없습니다. 그 어떤 증거도, 심증도 없습니다. 심지어 두 사람이 살해되던 순간, 혹은 그 이전의 상황을 알려주는 CCTV 화면도 확보할 수가 없었습니다. 더군다나 재무부장관께서는 꽤 기나긴 추격전을 벌였음에도 불구하고 촬영된 화면이 딱 하나밖에 없습니다. 그것도 아주 오래된 CCTV에 찍힌 것이라서 화질이 상당히 좋지 않습니다. 만약 누군가 저희 경찰에게 제보를 해주신다면 사례하고 싶을 정도입니다."

"그럼 두 장관님께서 동시에 사망하신 것은 연관이 있을 수도 있겠군요?"

"그래요. 두 사건에는 공통점이 있습니다. 두 사람 모두 피습을 당했다는 것, 그리고 밤에 범행이 이뤄졌다는 것, 마지막으론 두 사람 모두 현직 장관이라는 점이지요."

경찰은 이제 그만 정보 공개를 접기로 했다.

"아무튼 저희들이 알아낸 것은 딱 여기까지입니다. 그러니 추후에 발견되는 사실들은 기자회견을 통하여 자세히 밝혀드리겠습니다."

"경감님, 한 말씀만 더 해주십시오!"

벤자민 그레이의 입장 표명이 끝난 이후에도 기자들은 더 건질 것이 없나 끝까지 사진을 찍어냈다.

하지만 바로 그때, 그 어떤 누구도 예상하지 못한 일이 벌어지고 말았다.

브루클린 만에서 수색 작업을 벌이고 있던 경찰 병력과 그들을 취재하기 위해서 모인 기자들을 향해 초고속 쾌속정 한 척이 달려들었다.

쐐에에에에엥!

"어, 어어……?!"

무려 시속 200㎞로 달려온 쾌속정은 있는 힘껏 바다에서 튀어나와 지상에 있는 사람들을 한꺼번에 정리해 버렸다.

퍼버버버버벅!

"끄아아아악!"

"사, 사람 살려!"

앞이 뾰족한 쾌속정에 찔려 허리가 잘려 나간 사람부터 골절, 절단, 심지어 뇌진탕으로 사망하는 사람도 생겨났다.

정말로 눈 깜짝할 사이에 벌어진 이 엄청난 일에 대처할 수 있는 사람은 아마 존재하지 않을 것이니 그 피해는 더더욱 막심할 수밖에 없었다.

잠시 후, 신고 전화를 받고 도착한 구급대원들이 땅바닥에 널브러져 신음하고 있는 환자들을 두고 경악을 금치 못했다.

"허, 허억! 이게 다 뭐야?!"

"…미친놈이로군. 쾌속정에서 전속력 전진 기어를 넣어놓고 자살을 해? 진짜 미쳐도 단단히 미친놈들인 모양인데?"

"아무튼 어서 구조합시다! 지금 당장 타 소방서에 지원 요청을 하고 환자들을 옮길 차량을 더욱 많이 확보해요!"

"예!"

전대미문의 쾌속정 습격에 안 그래도 피비린내가 진동하던 살인사건 현장이 또다시 붉게 물들어 버렸다.

*　　　　*　　　　*

이른바 쾌속정 테러사건이 일어난 지 이틀 후, 일본에선 더

더욱 경악을 금치 못할 사건이 벌어지고 말았다.

일본의 외무성 장관이 어린이가 잔뜩 탄 통학버스 안으로 납치된 채 핸들을 잡는 사건이 벌어졌다.

또한 외무성 장관 휘하에 있는 비서관을 비롯한 차관 등도 다른 버스 안에 갇혀 같은 행동을 반복하고 있었다.

부아아아아앙!

일본 경시청과 자위대 병력이 끝까지 그들을 추격하고 있었으나 물리적 충격을 가하게 되면 아이들이 위험해질 수 있기 때문에 손을 쓸 수가 없는 상황이었다.

지금 경시청과 자위대가 할 수 있는 유일한 방법은 납치범들을 흥분시키지 않는 선에서 사건을 해결하는 것뿐이었다.

경시청 기동타격대는 달리는 차에 대고 메가폰을 들어 말했다.

―납치범들에게 알린다! 현 시간부로 차량을 멈추고 납치된 어린이와 장관 내각을 모두 생환시키기 바란다! 다시 한 번 반복한다!

하지만 이런 방송 하나로 마음이 돌아설 것 같았으면 애초에 지금의 이 말도 안 되는 사태를 조장하지도 않았을 것이다.

맨 첫 번째 버스에 탄 괴한들은 모조리 어릿광대 마스크를 쓰고 있었다.

그들은 방송을 내보내고 있는 기동타격대의 승합차로 총을 쏘아댔다.

탕, 탕, 탕, 탕!

매그넘에 맞은 기동타격대의 승합차가 한차례 좌우로 흔들리면서 혼란을 가져오자, 괴한들은 반대로 자신들이 메가폰을 들었다.

ㅡ크하하! 다 죽는 거다! 우리 인류는 실패작이야! 신의 실패작이라고! 크하하! 다 죽는 거다!

그러자 아이들과 교사들이 눈물을 펑펑 쏟아내기 시작했다.

"흑흑, 살려주세요!"

"살려만 주시면 뭐든지 다 하겠습니다! 시키는 것은 무슨 일이든지 할 테니 제발 목숨만은 살려주세요!"

"시끄러워! 이런 개 쓰레기 같은 자식들! 오늘부로 너희들은 새사람으로 거듭나게 될 것이다! 크하하하하!"

잠시 후, 괴한들이 몰던 차량 다섯 대가 명화그룹의 본사 바로 앞까지 치고 나갔다.

그리고 그 자동차들은 앞뒤 가리지 않고 고스란히 명화그룹 본사 정문으로 달려들었다.

"크하하! 다 죽자! 신은 우리의 편이다!"

부아아아앙!

폭주하는 기관차처럼 달려온 버스는 이내 유리창을 뚫고 본사 안으로 들어갔다.

"주, 죽는 건가?!"

"시, 싫어!"

콰아아앙!

사방으로 유리창 파편과 차량의 부품 등이 팝콘처럼 튀었다.

그런데 문제는 버스가 본사 건물 안으로 깊숙이 들어온 이후에 나타났다.

삐비비비비빅!

마치 심장을 조여오는 듯한 소리가 들리더니 이내 그 버스가 폭발을 일으켰다.

콰아아아앙!

놀랍게도 버스에는 60층 건물도 한 방에 날려 버릴 수 있는 고폭탄이 설치되어 있었다.

그 엄청난 양의 고폭탄이 한꺼번에 터지니 그 위력은 상상 이상으로 강력했다.

후폭풍까지 일어날 정도로 강력하게 휘몰아친 화염은 고스란히 벽을 타고 올라가 명화그룹 본사를 초토화시켜 버렸다.

콰과과과광!

마치 모래성이 무너지듯 허무하게 파괴된 건물 안에는 무려

1만 명이 넘는 종업원이 있었다.

　물론 개중에는 무공을 사용하는 사람도 있긴 하겠지만 그런 무인들조차 생사를 장담하기가 힘들었다.

　한마디로 이곳에 있는 1만의 종사자가 한날한시에 목숨을 잃은 것이다.

＊　　　　＊　　　　＊

　명화그룹 사고현장, 긴급 구조대와 육상자위대가 합동작전을 펼치는 중이다.

　구조 총괄책임자 하루토 요시하라는 쏟아져 내린 건물 더미를 중장비로 들어 올리는 한편, 지하 수로를 통제하여 2차 피해를 미연에 방지하였다.

　일본의 중심지에 세워진 명화그룹 본사는 유구한 역사를 간직한 건물이니만큼 지하의 기반 시설이 꽤 복잡한 상태였다.

　상하수도 모두 신식으로 만들어졌지만 그 아래에는 오래된 구식 상하수도가 자리 잡고 있기 때문에 잘못하면 물이 역류하여 2차 사고가 발생할 수 있었다.

　하루토 요시하라는 이러한 맹점을 완전히 배제함으로써 부상자나 실종자들을 보호하려 한 것이다.

그렇지만 그의 노력이 무색하게도 건물 잔해 더미를 하나씩 들어 올릴 때마다 딱딱하게 굳어버린 선혈이 낭자해 있었다.

아마도 건물이 무너져 내리면서 사람이 그 아래로 깔려 압사한 것 같았다.

육상자위대와 구조대는 그 광경에 그저 충격을 금치 못했다.

"너무 처참하군."

지금까지 구조대에서 잔뼈가 굵은 베테랑 하루토 요시하라이지만 지금과 같이 처참한 몰골은 한 번도 본 적이 없었다.

하지만 그럴수록 구조대와 육상자위대는 충격을 이겨내고 구조 작업의 속도를 높였다.

그런 가운데 첫 번째 생존자가 발견되었다.

"…살려주세요!"

잔해 더미 아래에 깔려 있던 한 여성의 목소리가 들리자, 자위대와 구조대의 손길이 분주해졌다.

"소리가 들린 방향은?"

"대략 5미터 아래인 것 같습니다! 그리 깊지 않습니다!"

"좋아, 지금 당장 포클레인을 이용하여 그녀를 구조한다!"

"예!"

구조대 전원이 달라붙어 잔해 더미를 하나하나 꺼내 올리는데, 콘크리트와 연결된 철근 사이로 20대 초반의 여성 얼굴이 보인다.

하루토 요시하라는 목청껏 그녀를 불렀다.

"이봐요! 괜찮으세요?!"

"…다리가 안 움직여요. 그리고 엄청나게 추워요."

"다리가 안 움직인다고요?! 혹시 잔해 더미에 발이 깔린 겁니까?!"

"…잘 모르겠어요. 뭐가 어떻게 된 것인지."

"알겠습니다! 일단 그곳에서 움직이지 말고 대기해 주세요! 금방 내려갑니다!"

"네, 알겠어요."

육상자위대는 이미 밧줄을 준비하여 둔 상태였고, 구조대는 들것과 부목을 준비하여 하강을 시작하였다.

"내려갑니다!"

대규모 인력이 달라붙은 작업이니만큼 신중에 신중을 가했다.

휘리리리릭!

급한 마음을 최대한 접어두고 아래로 내려간 구조대원 두 명은 잔해 더미 사이를 헤치고 그녀가 있는 곳에 닿았다.

그런데 두 사람의 표정이 순식간에 굳어버렸다.

잔해 더미 아래에 다리가 깔려서 느낌이 없는 것이 아니고 복부에 거대한 철근 두 개가 관통하여 들어가는 바람에 척추가 마비된 것이었다.

만약 이대로 잘못 들어 올리게 된다면 철근이 빠지거나 뒤틀리면서 내장이 쏟아져 내릴 수도 있는 상황이었다.

두 사람 중 한 명은 그녀와 눈을 마주치고 안심시키는 한편, 나머지 한 사람은 지상으로 무전을 보냈다.

팟!

"여기는 지하, 아무래도 현재 수작업으로는 구조에 무리가 있을 것 같다."

─무리가 있다니?

"철근이 몸을 관통하였다. 아마도 하체에 느낌이 없는 것은 척추에 손상이 있어서 그런 것 같다."

─…큰일인데? 만약 철근이 하중을 못 이기고 떨어져 내리면 환자는 바로 사망이다.

"아무래도 지원을 조금 더 불러내야 할 것 같다."

─알겠다.

초조한 마음으로 무전기를 내려놓은 그는 어떻게 하면 철근을 안전하게 뽑아낼 수 있을지 생각해 보았다.

철근이 정통으로 몸통을 뚫고 들어갔기 때문에 지금 절단기를 사용하는 것은 무리이고 그렇다고 콘크리트 덩어리를 망치로 깨부수는 것도 쉬운 일은 아니었다.

만약 잘못해서 철근이 위아래로 흔들리기라도 한다면 그녀는 평생 불구로 살아야 할지도 모른다.

하지만 지금 철근을 뽑아내지 못하면 어차피 과다 출혈로 사망할 테니 이러지도 저러지도 못하는 상황이 되어버렸다.

"큰일이네."

모두가 고민에 빠져 있는 바로 그때였다.

파밧!

어디서부터인가 검은 그림자들이 쏟아져 내려와 그녀의 주변으로 몰려들었다.

이윽고 온전히 모습을 드러낸 그림자들은 전부 명화자객단의 검은색 파츠를 입고 있었다.

명화자객단주 유이나는 철근이 박힌 채 누워 있는 그녀를 바라보며 물었다.

"성함과 직책이 어떻게 되시죠?"

"근무지원팀 유리아 미조에입니다."

"미조에 씨, 많이 괴로우시죠? 조금만 참으세요. 금방 끝납니다."

"네."

유이나는 그녀의 혈도를 자극하여 더 이상 출혈이 생기지 않도록 했다.

투둑!

하지만 이 지혈법은 그리 오래가지 못하기 때문에 지금 당장 구조를 하지 않으면 곤란했다.

유이나는 한 자루의 단도를 뽑아 들었다.

챙!

그녀는 내공을 최대한 짙게 불어넣어 철근이 깔끔하게 일도양단될 수 있도록 했다.

스스스스스!

극도로 집약된 내공이 칼끝에 맺히는 순간, 그녀의 손이 철근과 철근을 잇고 있는 연결 부위를 잘라냈다.

스, 파앗!

단 일격에 철근이 잘려나가 유리아의 몸에는 별다른 이상이 생기지 않았다.

깔끔하게 처리된 콘크리트 덩어리는 다른 단원들이 알아서 정리하여 그녀에겐 피해가 가지 않은 것이다.

유이나는 구조대원에게 이제 그녀를 데리고 올라가라며 길을 터주었다.

"올라가시지요. 기다리는 사람들이 많습니다."

"고맙습니다! 덕분에 한 생명을 살렸습니다!"

"명화그룹의 가족입니다. 당신이 고마워할 필요는 없어요. 우리는 해야 할 일을 하는 것뿐입니다."

이윽고 유이나는 명화자객단을 이끌고 계속하여 구조 작업을 이어나갔다.

*　　　　*　　　　*

이른 아침, 명화그룹 붕괴 현장으로 100명의 남자들이 나타났다.

까앙, 까앙!

관절에서 쇳덩이가 부딪치는 소리를 내며 몰려든 그들은 잔해 더미 사이로 속속들이 파고들기 시작했다.

파바바바밧!

그런 그들의 사이로 보이는 사람은 바로 그 유명한 조가괴협이었다.

구조대는 현재 인터폴의 수배를 받고 있는 조가괴협이 이곳으로 당당하게 걸어왔다는 것에 적지 않게 당황하였다.

물론 육상자위대와 경찰 병력도 조가괴협의 등장에 당황하고 있었지만 별다른 조치를 취할 수는 없었다.

사람을 돕겠다고 찾아온 사람을 수갑 채워 끌고 갈 수는 없는 노릇이기 때문이다.

물론 조가괴협이 마음먹은 대로 체포할 수 있는 사람도 아니니 수갑은 어불성설이었다.

조가괴협의 정체를 알고 있는 천하랑은 태하를 반가운 마음으로 맞이하였다.

"왔구나."

"당연히 와야지요. 집안에 우환이 닥쳤는데요."

"그래, 장하구나."

쓸쓸한 표정으로 일관하고 있는 천하랑에게 태하가 물었다.

"납치범들에 대한 조사는 이뤄지고 있습니까?"

"안 그래도 개방에서 그들에 대한 조사를 해주었는데, 모두들 마약사범에 탈주한 사형수 등, 죄질이 안 좋은 사람들이더라고. 한마디로 미래가 없던 것이지."

"그렇군요."

"아무래도 청야성이 본격적으로 칼을 뽑아 든 모양이다. 그놈들이 아니고서야 이렇게 말도 안 되는 짓을 벌일 리가 없어. 명화방의 본거지를 이렇게 쑥대밭으로 만들어놓고 멀쩡히 살아 돌아다닐 것이라곤 누구도 상상하지 못할 테니까."

"이것이 과연 우리에 대한 복수일까요?"

"아마도."

"지독한 새끼들. 우리가 먼저 당한 것이 있는데 꼭 이렇게까지 복수를 해야 했을까요?"

"만약 인륜을 따졌다면 애초에 그런 말도 안 되는 짓을 벌일 리가 없지."

"하긴, 그건 그렇군요."

두 사람이 한창 대화를 나누고 있을 무렵, 명화자객단주 유이나가 천하랑에게 읍하였다.

척!

"부회장님을 뵙습니다."

"무슨 일인가?"

"개방에서 급하게 면담을 신청하였습니다."

"개방에서?"

"무림연맹 모두가 초대된 것으로 보아 아무래도 뭔가 심상치 않은 일이 벌어진 것이 아닌가 싶습니다."

"흠."

"자세한 사안은 만나서 얘기하겠다고 했습니다."

"그래, 알겠네."

천하랑은 이 현장을 비서실에게 일임하기로 했다.

"오사무 실장."

"예, 부회장님."

"자네가 이곳을 전담해 주게. 나는 이제부터 이 배후를 캐내기 위해 여행을 떠날 걸세. 당분간 보기 힘들 거야."

"제가 최선을 다해서 복구하도록 노력하겠습니다."

"그래주시게."

천하랑은 태하와 함께 약속 장소로 향했다.

"같이 가세."

"예, 알겠습니다."

태하는 금강석 인형들을 이곳에 두고 한국으로 향했다.

*   *   *

바다 한복판에서 총과 칼이 춤추는 싸움판이 벌어졌다.

휘리리리릭!

마치 뱀이 사냥감을 쫓듯이 날아드는 체인소드의 물결이 장수원을 압박하였다.

하지만 장수원은 아주 유연하게 그것을 피해낸 후 곧장 장법을 날렸다.

"사멸신장!"

우우우웅, 콰앙!

사멸신장을 극성으로 전개한 장수원의 힘은 해적 두목을 주춤거리게 만들기에 부족함이 없었다.

그나마 이곳이 파도가 일렁이는 바다 한복판이라서 망정이지 잘못했으면 그녀의 머리통이 통째로 날아갈 뻔했다.

그녀는 가까스로 사멸신장을 막아내긴 했지만 체인소드가 산산조각 나는 대참사가 벌어졌다.

"…괴물이야? 이게 도대체 뭐야?"

"괴물은 아니다. 그냥 오래도록 장을 익히고 갈고닦았을 뿐."

"이 정도면 괴물이지."

이제 체인소드를 잃어버린 그녀는 샷건으로 승부를 보기로 한 모양이다.

철컥!

"잘 놀았으니 이제는 집으로 보내줄 시간이군."

"총? 북미에서 무공을 배웠나?"

"뭐, 비슷해."

미 대륙의 무인들이 사용하는 총은 내력을 탄환에 실어 날릴 수 있기 때문에 활과 더불어 가장 좋은 장거리 무기로 손꼽힌다.

안 그래도 강력한 총에 내력을 불어넣게 되면 아주 다양한 공격이 가능한데, 제대로 총술을 사용하는 고수는 그리 많지 않았다.

베트릭을 비롯한 노스트룩스의 암살자 중에서도 총을 잘 쓰는 사람은 손에 꼽을 정도로 적었다.

그만큼 익히기가 힘든 총술이긴 하지만 한번 제대로 연마하면 오히려 검보다 뛰어난 효율을 보이곤 했다.

그녀는 마치 앞으로 총을 내지르듯이 잡고 방아쇠를 당겼다.

퍼엉!

그러자 화염과 함께 얼음 알갱이가 시원한 물줄기처럼 앞으로 쭉 뻗어 나갔다.

촤르르르릉!

장수원은 재빨리 몸을 뒤로 밀어내며 그녀의 공격을 장법으로 막았다.

"적벽수!"

상대방에게서 자신을 구해낼 때 사용하는 적벽수는 적과 나의 위치를 바꾸고 전세를 역전시키는 의미가 있다.

스으으윽!

마치 능구렁이처럼 측면으로 스윽 돌아간 장수원은 곧장 그녀의 옆구리를 타격하였다.

빠악!

그녀는 때마침 장전을 하던 도중이라 빈틈이 생기고 말았다.

"…제법인데?"

"제법이라는 말은 고수가 하수에게 하는 말이다. 너 같은 애송이가 할 말은 아니라는 거지."

"길고 짧은 것은 대봐야 아는 것이고!"

아직 실력이 제대로 무르익지는 못했지만 싸움에 임하는 투지와 열정은 박수를 받을 만했다.

그녀가 야심차게 준비한 공격은 바로 '충열포'였다.

"이거나 먹어라!"

우우우우웅!

마치 검붉은 열매가 총에 어리듯 사람 머리통보다 조금 더 큰 진기의 방울이 샷건 총구에 서렸다.

충열포는 샷건처럼 공격이 사방으로 튀는 방식을 정갈하게 만들어주며 화력을 집중시키는 효과가 있다.

그녀가 쏜 충열포가 장수원에게 묵직하게 날아갔다.

쿠우우웅!

주변의 공기마저 일그러뜨릴 충열포의 위력은 천하의 장수원을 한 걸음 물러서게 만들었다.

"…제법이구나."

"원래 내가 너보다 낫다고 몇 번이나 말했을 텐데?"

"그거야 우물 안 개구리의 생각이고."

그녀의 손을 떠난 충열포가 장수원의 정중앙을 노리며 들어갔다.

콰앙!

묵직하고 진한 충열포의 진기가 위력적이긴 했지만 장수원을 쓰러뜨릴 정도는 아니었다.

그는 자신의 옆구리에서 쿠크리를 꺼내어 그녀의 충열포를 관통시켰다.

"이게 진짜 일격이라는 거다!"

스윽, 파앗!

뒤로 한 박자 물러섰다가 치는 검의 파동은 상당한 압박과 강력한 임팩트를 만들어냈다.

결국 그녀는 충열포가 졌다는 것을 인정하고 뒤로 몇 발자국 물러섰다.

하지만 여전히 그녀의 자신삼은 떨어질 생각을 하지 않았다.

"입만 산 놈은 아니구나!"

"그랬다면 지금쯤 내가 죽었거나 네가 죽었거나 했겠지. 그렇지만 지금은 경우의수가 하나 더 늘었군."

"그게 무슨 개소리야?"

"너를 바다에 빠뜨려 물고기 밥을 만드는 것 말이다."

장수원은 내력을 하체로 집중시켜 강력한 진각을 만들어냈다.

쿠르르르룽!

바다가 진동할 정도로 거대한 진각을 만들어낸 장수원은 곧바로 그녀의 얼굴로 검을 던졌다.

휘리리리리릭!

엄청난 회전력을 가진 쿠크리는 마치 날카롭게 돌아다는 톱니바퀴를 보는 것 같았다.

"…이, 이건 또 뭐야?!"

"자객단을 이끄시는 내 사숙께서 직접 고안하신 비기다. 잘 가라!"

좀처럼 자신의 검을 버리는 법이 없는 무인이 무려 검을 집어 던지는 무공을 사용한다는 것은 말도 안 되는 일이다.

자신의 분신과도 같은 자존심의 산물인 검을 집어 던지는 것은 자존심을 던지는 일이라고 생각되었기 때문이다.

그러나 그것을 과감하게 깨뜨린 사람이 있었으니 그가 바로 천하랑이었다.

천하랑은 자객들이 싸움에 임할 때 자존심을 지키다가 죽는 것보다는 무리로 돌아와 정보를 공유하여 자신의 본분을 다하는 것이 옳다고 판단하였다.

그래서 천하랑은 무인의 자존심보다는 적의 죽음과 나의 생존을 먼저 생각하는 무공을 많이 만들어냈다.

사람들은 그것을 끝장무공이라고 손가락질하기도 했지만 그 위력을 몸소 체험하고 나면 얘기가 달라진다.

방금 전까지만 해도 의기양양하던 그녀가 사색이 되어 질릴 정도로 대단한 그 스윙은 아무나 흉내를 낼 수 없는 것이었다.

"제, 제기랄!"

"어린 나이에 해적질 하느라 고생이 많겠지만, 그렇다고 해서 죄가 사라지는 것은 아니다."

그녀는 그의 검을 막아내다가 결국 어깨를 내어주고 말았다.

차락!

"아으으윽!"

"이번에는 정말 장난기 없이 오로지 죽이는 데만 집중해 주마. 죽어라!"

장수원이 다시 한 번 수를 뻗으려는데, 갑자기 배가 미친 듯이 흔들리기 시작했다.

쿠그그그그!

순간, 그녀가 아픈 어깨를 부여잡으며 외쳤다.

"고, 고래다!"

"…뭐라고?"

"고래! 고래라고!"

고개를 갸웃거리던 장수원은 자신의 몸이 공중으로 붕 떠오르는 것을 느꼈다.

꾸우우우!

"젠장!"

아무래도 두 사람의 싸움이 만들어낸 기의 파장이 고래를 이곳까지 부른 것 같았다.

한마디로 두 사람은 고래를 혼란스럽게 만든 죄로 이와 같은 말도 안 되는 벌을 받게 된 것이다.

부웅, 콰앙!

고래의 엄청난 몸집이 배를 강타하자 너무나도 허무하게

두 척의 배가 모두 완파되었다.

꽈지지지직!

장수원은 망망대해에서 조난을 당하게 생겼음에도 불구하고 실소가 나왔다.

'후후, 그래, 내가 올해 재수가 참 더럽게도 없구나. 이쯤 되면 운명으로 받아들여야 할 모양이야.'

그는 그렇게 물속에서 정신을 잃었다.

*   *   *

중국 베이징에 위치한 남성그룹 본사에 명화방 구호 활동을 위한 물자 구성이 시작되었다.

환자들을 수용하는 임시 수용소는 물론이고 구조대와 자원봉사자들이 먹고 마실 물자가 이곳으로 집결한 것이다.

남궁세가는 자신들이 무림연맹의 자금줄을 자처하는 만큼 엄청난 양의 구호물자를 마련했다.

남궁천영은 비서실을 통하여 비상대책본부를 구성하고 앞으로 이곳에 들어갈 추가 물자를 확보하는 데 전력을 기울였다.

그는 막간을 이용하여 식사를 하러 가는 동안에도 보고를 받았다.

"현재 남성물산에서 확보한 구호물자가 모두 상하이 항만으로 집결하였습니다. 이제 선적 작업만 마치면 당장 일본으로 떠날 수 있습니다."

"최대한 서둘러서 일을 진행시키게. 시간이 없어. 명화방이 저렇게 불에 타고 있으면 우리의 타격치는 점점 쌓이게 될 걸세."

"예, 회장님."

이제 무림연맹은 어느 하나만 잘 먹고 잘 사는 그런 개인주의에서 벗어나 모두가 하나로 모여 살아가는 연맹체제에 돌입하였다.

그렇기 때문에 사성회는 물론이고 아미파, 금성회, 백명회, 화산파, 무당파 등 무림연맹에 가입된 모든 무인 집단이 명화방 사태를 수습하기 위해 안간힘을 쓰고 있는 것이다.

현재 무림연맹이 벌여놓은 일들을 끝까지 밀고 나가려면 연맹 내의 균열은 결코 피해야 할 기피 대상 1호였던 것이다.

남궁천영이 보고를 받으며 내려가는데 불현듯 화재 경보가 울렸다.

따르르르르르릉!

비서실장은 재빨리 무전기를 꺼내어 상황을 파악하였다.

"무슨 일인가?"

―화재 경보 시스템을 점검 중에 있습니다.

"그게 오늘이었나?"

―예, 실장님. 이미 회사 인트라넷으로 사전 공지를 해놓은

상태입니다만.

남궁천영이 고개를 갸웃거렸다.

"뭐가 어떻게 된 거야?"

"죄송합니다. 아무래도 관리 팀에서 화재 경보기를 점검 중에 있는 모양입니다."

"그래?"

"크게 신경 쓰실 일은 아닌 것으로 판단됩니다."

"그렇다면 다행이고."

가뜩이나 명화그룹 테러 사건으로 인해 신경이 날카로워져 있는 상태에서 이런 일이 발생하니 심기가 불편해진 남궁천영이다.

그렇지만 그는 어지간해선 화를 내는 사람이 아니었다.

"화재 경보를 울리기 전에 사내 방송을 먼저 내보내는 것이 순서인 것 같군. 기왕지사 점검을 할 것이라면 사원들이 놀라지 않도록 하게."

"예, 회장님. 명심하겠습니다."

남궁천영은 그제야 식사를 하기 위해 지하 식당으로 향했다.

제5장
이어지는 비보

같은 시각, 남성그룹 지하 서버 관리실로 화재 경보기 관리 팀이 들어왔다.

한창 점심을 먹고 있던 서버 관리 팀이 화재 경보기 관리 팀을 맞았다.

"후루루룩!"

점심으로 국수를 먹고 있던 서버 관리 팀에게 경보기 관리 팀이 출입증을 보여주며 말했다.

"들어가서 작업 좀 하겠습니다."

"쩝쩝, 그러시죠."

허기진 배를 채우느라 정신이 없던 서버 관리 팀은 관리실 문을 원격으로 열어 개방시켜 주었다.

삐빅.

화재 경보기 관리 팀이 그들에게 짧게 목례를 건넸다.

"그럼 수고하십쇼!"

"예, 수고하십시오."

이제 화재 경보기 관리 팀은 장비를 내려놓고 본격적인 작업에 돌입하였다.

깔때기가 달린 연무장치를 든 작업자들이 경보 시스템에 플라스틱을 태운 연기를 뿜어내자 즉시 경보기가 울리기 시작했다.

따르르르르르릉!

그러자 한쪽에서 중앙관리실과 연결된 원격조종장치를 통하여 화재 경보기를 멈추게 했다.

딸깍.

하나에 대략 5초 내외로 울리다가 멈추기를 반복하니 서버 관리실에 설치된 기계를 모두 점검하는 데 10분 남짓이면 충분할 것이다.

그들은 또 다른 경보기에 연무장치를 들이댔다.

따르르르릉!

경보기가 울리자마자 다시 한 번 원격조종장치를 눌렀다.

딸깍.

그런데 이번에는 좀 전과는 조금 다른 형태의 반응이 일어났다.

멀쩡하게 작동하고 있던 CCTV에 약간의 스파크가 튀면서 기계가 오작동을 일으킨 것이다.

빠-직!

무전기를 잡은 기술자가 아주 작은 목소리로 말했다.

"자, 여기는 서버 관리실, 이제 슬슬 작업을 시작해도 되겠나?"

─완벽하다. CCTV가 먹통이 되었으니 마음껏 지지고 볶아 보도록.

"알겠다."

CCTV를 먹통으로 만든 그들은 서버 관리실에 위치한 중앙 서버 컴퓨터 USB 포트에 작은 장치를 연결하였다.

삐빅!

사람 손바닥만 한 이 장치는 포트에 연결되자마자 중앙 서버로 빠르게 정보를 송신하기 시작했다.

"연결 성공. 앞으로 5분 이내에 작업이 끝날 겁니다."

"좋아, 나머지는 계속해서 연무장치로 경보기를 울려주라고."

"알겠습니다."

USB 설치 작업을 끝낼 때까지 연무장치를 통한 경보기 점검은 계속되었다.

따르르르릉!

그리고 대략 5분 후, USB 포트가 작은 기계음을 냈다.

딩동댕!

"작업 완료입니다."

"신속하게 나가자."

그들은 언제 그랬냐는 듯 장비를 챙겨 서버 관리실을 나섰다.

*　　　*　　　*

늦은 밤, 월스트리트의 뉴욕 주식 거래 시장 앞에 경찰차들이 몰려들었다.

뉴욕 시경에서 파견된 경찰들은 방금 전 뉴욕 주식 거래 시장에서 전해져 온 사건 신고의 전문을 다시 한 번 살폈다.

"건물 내부에 침입자의 것으로 보이는 발자국이 있다. 그리고 그 발자국이 중앙 서버를 향하고 있다."

"침입자의 흔적이 도대체 어디에 있다는 거지?"

대략 열 명의 경찰이 이곳을 샅샅이 뒤지고 다녔지만 침입자의 흔적은커녕 개미 새끼 한 마리도 보이지 않았다.

신고를 받고 달려온 다니엘 맥다니스의 얼굴에 피곤함이 묻어났다.

"빌어먹을, 또 장난 전화인가?"

"도대체 이번이 몇 번째인지 모르겠군. 이놈을 잡아서 족쳐야 하는 것 아니야?"

다니엘은 곧장 본부로 연락을 취했다.

"여기는 월스트리트 주식 시장이다. 사건 현장에는 아무런 침입의 흔적이 없었다."

─또 장난 전화인가?

"아무래도 그런 것 같다."

─알겠다. 해당 번호의 발신지를 추적하여 허위 신고자를 당장 찾아내겠다.

무전기를 놓은 다니엘은 떨떠름한 표정으로 동료들을 보았다.

"자자, 모두 다시 자기 순찰 지역으로 되돌아가자고."

"…이게 지금 뭐 하는 짓인지 모르겠네. 도대체 어떤 개자식이 이런 몹쓸 짓을 벌인 거야?"

"그러게 말이야. 이것 참, 알다가도 모를 놈들일세."

"간단히 말해서 우리를 재미로 엿 먹이려는 놈들 아니겠나?"

"개자식들."

"아무튼 모두 철수하세."

경찰들은 다시 순찰차를 타고 온 길로 되돌아갔다.

순찰 10분 후, 주식 시장 환풍구에서 네 명의 복면인이 밧줄을 타고 내려왔다.

지이이익!

그들은 재빨리 컴퓨터들이 연결되어 있는 인터넷 단자를 뜯어낸 후 그곳으로 USB케이블을 주입시켰다.

삐빅!

그들은 USB와 연결되어 있는 노트북을 통하여 50개의 파일을 주식 시장 메인 서버로 전송시켰다.

이곳으로 전송된 파일들은 빠른 속도로 변환되어 기명 파일 중 일부를 흡수하여 덮어쓰기가 되었다.

그들은 노트북을 덮었다.

"작업 끝."

"좋아, 수고들 많았다."

"그래."

노트북을 챙긴 복면인은 한껏 미소를 지었다.

"이제 우리는 돈방석에 앉는 일만 남은 건가?"

"당연하지. 뜯어낼 돈이 얼마인데. 상상이나 해봤겠어? 미국의 주식 시장이 통째로 날아가는 것을 말이야."

"후후, 생각만 해도 웃음이 절로 나오는군."

"아무튼 간에 이제부터는 잡히지 않게 잘 도망 다니는 것이 중요해. 다들 어디에 짱 박혀 있을 거야?"

"나와 아나스타샤는 한국으로 갈 생각이야."

"한국?"

"등잔 밑이 어두운 법이라고, 한국에 있는 안전가옥에서 지내면 놈들이 절대로 찾아낼 수 없을 거야."

"오오, 그것참 괜찮은 생각이군."

"그러는 자네들은?"

"우리는 티베트로 갈 거야."

"하하, 티베트! 생각 잘했군그래."

"아무튼 몸조심하라고. 돈도 몸이 성해야 쓰는 것 아니겠나?"

"당연하지."

거대한 덩치를 가진 남자가 세 사람에게 두툼한 현금 뭉치를 건넸다.

"10만 달러야. 이것을 가지고 각자 1년 동안 두문불출하면서 살아."

"1년 동안이나?"

"그 안에 무슨 일을 벌인다고 하긴 했는데 나도 자세한 내막에 대해선 잘 몰라."

"음, 그렇군."

"아무튼 간에 한 달에 한 번씩 소식 전할게. 소식을 전하는 방식은 내일 이메일을 통해 공지할 테니 읽은 파일은 그 즉시 파기시키도록."

"알겠어."

그는 육감적인 몸매의 복면인에게 물었다.

"아나스타샤, 물건은 잘 가지고 있지?"

"당연하지."

"그래, 알겠어. 렉스, 아나스타샤를 잘 부탁한다."

복면인들은 다시 환풍구 안으로 기어들어 갔다.

*　　　*　　　*

삐리리릭.

대만 타이베이의 한 지하실에서 엄청난 양의 서버가 가동을 시작하였다.

서버를 가동시킨 사람들은 바로 사상 최악의 해커 집단으로 일컬어지는 블랙피스였다.

블랙피스는 한때 백악관을 무력화시킬 뻔한 엄청난 해커 집단으로 CIA는 물론이고 전 세계 모든 정보 집단이 뒤를 쫓는 가공할 만한 위력의 소유자들이다.

블랙피스의 수장 알렉스는 모든 서버를 총괄하는 중앙컴퓨터에 앉아 디도스 공격 프로그램을 실행시켰다.

블랙피스 총공격 시작 3초 전, 2, 1, 스타트!

이 엄청난 양의 서버는 다름 아닌 엄청난 좀비 PC를 이끌고 다니는 이른바 '사령'의 주체들을 담은 운반자였다.

이들이 한 구간을 지정하여 타격하게 되면 그곳은 초토화가 되고 그 공격을 막아낼 쯤엔 이미 서버가 폭발하고 없을 것이다.

"자, 그럼 시작해 볼까?"

무려 네 번이나 우회하여 개통한 IP들은 오로지 한 지점, 남궁세가를 향해 돌진하였다.

순간, 1억 개가 넘는 좀비 PC가 남성그룹의 중앙 서버를 공격하기 시작하였다.

트레킹 숫자가 올라갑니다.

삐비비비비빅!

기하급수적으로 올라간 트레킹 숫자가 거의 과열 양상에 이를 때쯤, 알렉스와 해커들이 중앙 서버로 침투하여 각종 전산 제어 장치들을 해킹하기 시작하였다.

건설, 금융, 무역, 선박 등 굵직한 사업들이 전부 제멋대로 움직여 스케줄을 비틀고 꼬아 거의 재기 불능 상태로 만들어 버렸다.

일단 1차 목표가 거의 성공 가두에 올랐을 무렵, 남성그룹의 해커들이 무서운 속도로 방어를 시작했다.

"중앙제어 장치가 뚫린 대신에 각 계열사의 명령 체계를 복구하였습니다. 그리고 그곳을 빠른 속도로 차단합니다."

"오호?"

"중앙제어 시스템을 파기하고 계열사로 들어오는 모든 문을 차단했습니다. 이제 중앙제어 시스템과 계열사의 중앙 서버는 완전히 분리되었습니다. 적이 생각보다 과감한데요?"

"어차피 본사의 중앙제어 시스템은 재기 불능이니 계열사들만이라도 구하시겠다?"

"아무래도 그런 생각인 것 같습니다."

"제법이군."

"어떻게 할까요?"

알렉스가 노트북을 펼쳤다.

"이제부터는 내가 좀 나서서 놀아볼까?"

"직접 하실 겁니까?"

"그럼 이곳에 앉아서 내가 할 일이 뭐가 있겠어? 이런 소일거리라도 좀 해야지."

그는 노트북을 펼쳐 남성그룹 중앙 제어실에 설치되어 있는 원격조종장치를 가동시켰다.

제어 장치와 연결합니다.

아마도 지금쯤 남성그룹 본사에선 제어실 화면을 실시간으로 모니터링하고 있을 것이 분명했다.

그는 화면에 직접 편집하고 제작한 영상을 띄워 보냈다.

"큭큭, 이제부터 진짜 하이라이트가 되겠군."

알렉스의 얼굴에 사악한 미소가 번졌다.

*　　　　*　　　　*

같은 시각, 남성그룹 회장실에서는 중앙제어 장치와 연결된 대형 모니터를 앞에 둔 채 수뇌부 회의가 열렸다.

남궁천영을 비롯한 그룹의 사장단은 중앙제어 장치를 점거한 해커들이 보낸 영상을 바라보고 있었다.

영상에는 어린아이의 얼굴에 말의 얼굴을 합성한 캐릭터가 형상화되어 있었다.

캐릭터가 인수의 중간쯤 되는 목소리로 말했다.

─우리는 남성그룹 전체를 원한다. 우리가 요구하는 조건을 들어주지 않으면 월스트리트의 주식 시장은 물론이고 미국의 TMS 리모컨을 통하여 전 세계를 모두 초토화시켜 버릴 것이다.

남궁천영은 그룹의 기술이사에게 물었다.

"저들과 대화를 할 수 있나?"

"예, 그렇습니다. 저들이 중앙 제어실의 회선 하나를 열어두었기 때문에 채팅이 가능합니다."

"나에게 채팅창에 접속한 아이디를 내어주게. 직접 대화하겠네."

"예, 알겠습니다."

그는 적과 연결된 채팅창에 조심스럽게 글을 적어 내려갔다.

―나는 남궁천영 회장이다.

―오호, 네놈이 바로 남궁천영인가? 그 허접한 이름은 익히 들어서 잘 알고 있다.

―내 이름을 알고 있다니 이것 참 영광이로군.

남궁천영은 놈들에게 해킹에 대한 의도와 군사 시스템 등의 진위 여부에 대해 물었다.

―아무튼 우리 남성그룹을 해킹하여 주물럭거리고 있다는 것쯤은 잘 알겠네만, 어찌하여 우리 남성그룹인가? 만약 돈을 노린 것이라면 미국이나 영국의 회사들도 많을 텐데.

―큭큭, 누구를 병신으로 아나? 미국이나 영국계 기업이 잘 나가는 것은 맞는 말이지만 네놈들이 가진 코어 시장의 지분과 잠재적 영향력에 비하면 아무것도 아니지 않나? 심지어 중국의 주식 시장에서 네놈들이 빠지면 그 타격이 전 세계적으로 미칠 것이라는 평가도 있다. 내 말이 틀렸나?

─조금 과장되긴 했으나 코어 시장의 지분을 가진 것은 사실이다.

─그래, 네놈들이 코어 시장의 지분을 가지고 있으니 앞으로 에너지 시장의 질서는 보나마나 뻔하다. 그래서 우리가 그 질서를 좀 바로잡으려는 것뿐이야.

─우리가 앞으로 코어 시장을 통해서 에너지 산업을 주도할 것이라 생각하는가? 그리고 그 힘을 통해서 권력을 휘두를 것이고?

─왜 아닌가?

─만약 그럴 의도였다면 진즉에 그 발톱을 드러냈겠지. 그렇지 않나?

─큭큭, 그거야 네 생각이고.

─아무튼 우리를 선택한 이유야 그렇다 치고, 미국의 TMS 리모컨을 가지고 있다는 소리는 무슨 뜻인가?

─말 그대로다. 미 국방부에 전화해서 확인해 보면 알겠지만 지금 그들의 타격 시스템은 우리 손아귀로 넘어온 상태이다. 우리가 마음만 먹으면 핵전쟁을 일으킬 수도 있지.

─그렇다면 미국의 주식 시장 붕괴는?

─우리는 원격으로 터뜨릴 수 있는 디지털 폭탄을 만들어냈다. 월스트리트 주식 시장의 중앙 서버를 구성하는 수많은 시스템 파일 중에서 50개를 변환시켜 같은 이름, 같은 기능을 가

진 악성 코드를 심어두었지. 만약 우리가 원격으로 시스템 변환을 명령하게 되면 중앙 서버는 물론이고 그와 연결된 모든 소프트웨어가 초기화된다. 아예 서버 자체가 백지화되는 셈이지. 당연히 그와 관련된 클라우드 역시 폭파되기 때문에 미리 백업을 해놓는다고 달라질 것은 없다.

남궁천영과 그 측근들은 이것을 과연 어디까지 믿어야 할지 감을 잡을 수 없었다.

만약 저들의 말이 사실이라면 남성그룹을 넘겨서 협상을 벌여도 전혀 이상할 것이 없을 정도로 사태가 심각했기 때문이다.

지금 남성그룹이 저들의 손에 넘어가면 가문의 입장에서는 재산을 잃고 꽤나 심각한 타격을 받겠지만 남궁세가의 재산이 그룹 하나만 있는 것은 아니기 때문에 몰락할 일은 없었다.

만약 남성그룹을 희생시켜서 세계의 평화를 얻을 수 있다면 남궁세가는 얼마든지 그룹을 넘길 의사가 있었다.

그러나 남성그룹에 딸린 식구가 한둘이 아니기 때문에 쉽사리 그룹을 포기할 수는 없었다.

이제 남궁천영은 깊은 고민에 빠져들었다.

"저놈들이 진정 칼자루를 쥐고 있다면 이 사태를 어떻게 해결해야 하는가?"

"일단은 미국 정부에 사실을 확인하고 무림연맹을 소집하여 해결 방안을 촉구하는 것이 수순이라고 생각됩니다."

"흠……."

"우선은 저놈에게 협상 시간이 필요하다고 뜸을 들이는 것이 어떻겠습니까? 그 대가로 우리도 뭔가를 내어주고요."

남궁천영은 측근들의 의견을 적극 수렴하였다.

―일단 네놈들이 무슨 생각을 가지고 무슨 짓을 벌이고 있는지 대략 파악이 되었다. 하지만 우리도 협상에 응하자면 시간이 좀 필요하다.

―시간? 시간은 금이다. 그에 대해선 아주 잘 알고 있으리라 생각한다.

―물론이다. 우리도 공짜로 시간을 달라는 것은 아니다.

―오호, 아주 멍청이는 아닌데?

―시간을 주는 대가로 원하는 것을 말하라.

―원하는 것이라…….

―무엇이든 내가 당장 줄 수 있는 것이라면 내어주겠다.

―후후, 좋아. 그렇다면 네 딸을 이쪽으로 한 명 보내라. 우리가 인질로 잡고 있겠다.

"……"

순간, 남궁 성씨를 가진 모든 사장단이 반발하며 나섰다.

"말도 안 되는 일입니다! 회장님, 아무리 그래도 우리 집안

딸을 보내다니요!"

"맞습니다! 다른 것도 아니고 집안사람을 희생시키는 것은 어불성설입니다!"

남궁천영은 고개를 끄덕였다.

"…미친놈들이군. 나도 내 딸을 저곳으로 보낼 수는 없다고 생각하네."

"옳습니다."

바로 그때, 남궁천영의 딸 설아가 손을 번쩍 들었다.

"제가 가겠습니다!"

"뭐, 뭐라?!"

남궁천영의 형제들이 고개를 가로저었다.

"설아야, 너는 좀 가만히 있어라. 이게 지금 무슨 판이라고 생각하는 것이냐? 네가 인질로 간다면 저들은 더 많은 것을 요구하게 될 거야."

"아닙니다. 지금 저들의 요구를 들어주지 않으면 과연 어떤 공격을 해올지 아무도 모릅니다."

"그래도 안 된다!"

"숙부님, 그건……."

남궁천영은 딱 잘라 그녀의 말을 묵살해 버렸다.

"명령이다. 그냥 앉아 있어라."

"아, 아버님!"

"지금 장남까지 잃은 마당에 장녀까지 잃어야 하겠느냐?"

"그렇지만……."

남궁천영은 아주 단호하게 거절 의사를 밝혔다.

─아무리 상황이 급해도 딸을 내어주는 아비는 없다.

─큭큭, 아직 정신을 못 차렸군. 네 딸내미가 제발 보내달라고 사정사정하게 만들어주지.

잠시 후, 남성그룹 비서실장이 회의실 문을 박차고 들어섰다.

콰앙!

"회장님, 큰일입니다!"

"무슨 일인가?"

"지금 태평양 해상에 떠 있던 미 해군 소속 핵잠수함이 미사일을 발사했다고 합니다!"

"……!"

"현재 그들의 위치는 미상, 미사일이 노리는 곳은 바로 남궁세가의 장원이라고 합니다!"

"빌어먹을!"

테러리스트들은 아주 즐거운 마음으로 채팅을 이어나갔다.

─어때? 간담이 좀 서늘한가? 이제야 정신이 좀 들어?

─…아무리 정신이 나갔어도 그렇지, 어떻게 베이징 한복판에 폭탄을 떨어뜨린단 말인가?!

―그러니까 왜 내 말을 안 들어? 지금이라도 그녀를 보내준다면 미사일을 다른 곳으로 떨어뜨려 줄 수도 있다.

남궁설아가 그의 앞에 무릎을 꿇었다.

쿵!

"아버님! 제발 부탁드립니다! 부디 우리의 가족들을 몰살시키지는 말아주십시오!"

"…빌어먹을!"

"제발… 아버님!"

그녀의 간청에도 불구하고 망설이던 남궁천영이 결국 테러리스트들의 요구에 응했다.

―알겠다. 내 딸을 보내주겠다.

―후후, 정말인가?

―그렇다. 다만, 내 딸에게 몹쓸 짓은 하지 말아주었으면 한다.

―이 세상에 인질을 함부로 대하는 곳도 있나?

―다행이군.

―그런데 그 여자만 데리고 오기엔 뭔가 좀 허전해.

―뭐라?!

―네 딸내미가 만나고 있다는 그 정략혼 상대도 함께 와라. 한양 김씨 일가에서 가장 영향력 있는 사람의 아들이라고 하던데, 그놈도 함께 오면 요구 조건을 수락한 것으로 알겠다.

―그런 말도 안 되는 조건이 어디에 있나?!

―한양 김씨 일가에 당장 전화해서 내 뜻을 전하도록 해라. 그렇지 않으면 당장 대한민국의 수도 서울을 불바다로 만들어 버리겠다.

남궁천영은 머리가 지끈거리는 듯 손으로 이마를 짚었다.

"…내 불찰이다. 저런 놈들의 말 따위에 휘둘리다니."

"그래도 회장님, 미사일이 경로를 바꾸었습니다. 불행 중 다행으로 미사일은 바다를 건너지 못한 채 폭파되었다고 합니다."

"개자식들, 일부러 우리를 휘두르기 위해서 저런 꼼수를 부리는 것이다!"

남궁설아가 여전히 무릎을 꿇은 채 말했다.

"그 사람은 아무런 잘못이 없습니다. 가려면 저 혼자서 가야 합니다."

"그렇지만 요구 조건에 김태하 선생도 포함되어 있지 않느냐?"

"하지만……."

"우리도 장녀를 희생하였다. 그 집안도 뭔가 하나쯤은 희생해야지."

남궁천영은 곧바로 김씨 일가에 전화를 걸었다.

                    *   *   *

대한민국 서울의 백마호텔에 태하와 츠바사, 그리고 각 문파의 수장들이 모여 있다.

개방의 임시 방주인 이명수는 짐짓 무거운 표정으로 말했다.

"다들 잘 아시겠지만 지금 무인 연합에 크나큰 시련이 찾아왔습니다."

그는 원격으로 방의 불을 끄고 프로젝터를 작동시켰다.

프로젝터는 영어로 된 문서 한 장을 띄웠다.

"지금 보시는 이 문서는 미 국방부가 우리 개방으로 보낸 것입니다."

문서에는 영어로 '통합 군사 체계 컨트롤타워'라는 글귀가 적혀 있었다.

이명수는 태하에게 저 안의 내용을 읊을 수 있도록 부탁했다.

"김태하 선생께서 저 안의 내용을 좀 읽어주실 수 있겠습니까? 영어라서 해석이 좀 어려울 수도 있지 않습니까?"

"예, 알겠습니다."

태하는 천천히 글을 읽어 내려갔다.

"미군 전체의 타격 시스템을 제어하는 이른바 통합 군사 체계 컨트롤타워, 이하 TMS 리모컨. 상기의 시스템은 미국의 미사일 발사 시스템이나 구축함의 요격 시스템, 전 군부대의 출정 명령을 내릴 수 있는 시스템입니다. 이 시스템의 정보가 바로 어제 모종의 세력에 의하여 반출되었습니다. 현재 미국 CIA가 그 뒤를 쫓고 있습니다만, 아무래도 내부자의 소행으로 판단됩니다. 이에 우리 미 국방부에선 대 청야성 연맹, 이른바 무림연맹에게 도움을 요청합니다. 현재 무림연맹과 함께 운명을 같이할 국가에서도 이 사안에 대해 조사를 벌이고 있습니다만, 아무래도 청야성의 끄나풀들에 의해 벌어진 일이다 보니 조사가 쉽지 않습니다. 하여, 각 문파의 수장들께서 이 사건을 해결하는 데 도움을 주셨으면 합니다."

불필요한 내용은 알아서 중략하여 문서의 내용을 읽어 내려간 태하는 마지막 서명 옆에 적힌 추신을 읽었다.

"이상 국방부장관 마이클 테일러 배상. 추신, 데이터베이스 전산을 뚫은 사람들엔 해커뿐만 아니라 테러리스트도 다수 포함되어 있습니다. 자세한 내용은 USB에 CCTV 영상과 함께 첨부해 두었습니다."

태하의 대독이 끝나자마자 여기저기에서 깊은 신음이 흘러나왔다.

"흐음……."

"큰일입니다. 지금도 이렇게 휘둘리고 있는데 도대체 앞으론 일이 어떻게 되겠습니까?"

"그러게 말입니다. 참으로 답이 없는 일이군요."

이명수는 이 사태를 해결하기 위해 각 문파의 수장들에게 의견을 물었다.

"우리가 움직이기 위해선 아무래도 계획과 역할 분담이 필요할 것 같습니다. 어떻게 생각하십니까?"

"그래요, 맞는 말입니다."

천하랑은 각 문파에 맞는 일에 대해서 말했다.

"개방은 정보, 하오문은 공작에 능하니 두 문파에서 해커와 테러리스트들에 대해 알아보는 것이 좋지 않겠습니까?"

"예, 그렇지요."

"남궁세가와 사성회, 화랑회 등은 전 세계적으로 폭넓은 인맥을 가지고 있으니 청야성의 하청이자 저놈들의 배후를 잡는 것을 담당하면 되겠고요."

"알겠습니다."

"나머지 문파들이 힘을 합쳐서 각 나라의 공항과 정부 각처로 인원을 파견하여 범인들을 잡으면 일이 한결 수월할 것이라고 생각합니다."

"역시 지당하신 말씀입니다."

무림연맹은 이제 천하랑을 수뇌로 인정하는 분위기였다.

한때는 칼을 겨누고 원수처럼 지냈으나 천하랑의 리더십으로 인해 사태 해결이 되었던 과거의 이력을 높게 산 것이다.

그들은 천하랑을 리더로 하여 이번 사건을 해결하려 마음먹었다.

"그렇다면 부회장님께서 명화자객단과 함께 주축이 되어주시지요."

"맞습니다. 아무래도 연륜이 가장 높은 분께서 리더를 맡는 것이 좋겠습니다."

천하랑은 그들의 요구를 흔쾌히 수락했다.

"어떠한 권한이나 권력의 통로만 아니라면 얼마든지 리더를 맡을 수 있습니다."

"저희들이 조심하겠습니다."

그는 이제 이곳에 모인 문파들과 함께 본격적으로 움직이기로 했다.

"나갑시다. 하지만 문파 내부에서 문제가 생길 수도 있고 다른 국가에서 난리가 날 수도 있으니 최소한의 병력으로만 사건을 해결해야 할 것입니다."

"명심하겠습니다."

슬슬 역할 분담이 끝나갈 무렵, 남궁세가에서 온 부회장 남궁천화가 어렵사리 입을 열었다.

"그나저나 제가 여러분에게 드릴 말씀이 있습니다."

"말씀하시지요."

"바로 오늘 우리 남성그룹이 해킹을 당했다는 사실을 모두 다 잘 알고 계시리라 믿습니다."

"예, 그렇습니다. 아는 사람은 다 아는 사실이지요."

"실은 그들이 우리 그룹의 인도를 요구하는 한편, 설아를 볼모로 달라고 요구했습니다."

"사람을 잡아가겠다고 했단 말입니까?"

"그렇습니다."

"허, 허어!"

"그리고 또 한 가지, 김태하 선생을 함께 볼모로 엮겠다고 했습니다."

순간, 장내의 시선이 태하에게로 쏠렸다.

"저를 볼모로 잡아간다고요?"

"…그렇다네."

몇몇 장문인이 반발하였다.

"말도 안 됩니다. 어찌 무인도 아니고 의사를 그곳으로 보낸단 말입니까? 이건 명백한 도발 행위입니다. 넘어가면 나중에 무슨 일이 벌어질지 아무도 모릅니다."

"맞습니다."

아직까지 태하의 정체에 대해 모르는 사람들은 그를 볼모로 보낸다는 것이 말도 안 된다고 생각했지만 오히려 천하랑이나 이명수 등은 이보다 더 좋은 방법이 없다고 생각했다.

그들은 적극적으로 태하의 투입에 찬성하였다.

"뭐, 그것도 나쁜 선택은 아니라고 생각됩니다."

"그래요. 본인만 좋다면 보내도 괜찮겠다고 생각됩니다만?"

"무슨 말이 그렇습니까? 상대에게 볼모로 보낸다니까요?"

"알아요. 하지만 지금 당장 다른 방법이 없지 않습니까? 그리고 김태하 선생 정도면 놈들에게 순순히 당하지는 않을 것이라고 생각합니다. 오히려 그들의 깊숙한 곳으로 침투할 수 있는 좋은 기회가 되지 않겠어요?"

"만약 그러다가 김태하 선생이 죽기라도 한다면……."

태하는 그들의 갑론을박을 단 한마디로 중재하였다.

"제가 가겠습니다."

"안 됩니다!"

"걱정하지 마십시오. 저 혼자 가지는 않을 테니."

"혼자 가지 않으면 누구와 간단 말입니까?"

"제 친구 중에 아주 유능한 자객이 한 명 있지요."

"자객?"

"조가괴협 말입니다."

"아아!"

"조가괴협이라면 그들에게 들키지 않고 무사히 저를 수행할 수 있을 겁니다."

"그래요. 그런 방법이……."

이제 그들의 눈동자는 화산파에게로 돌아갔다.

"화산파는 어떻게 생각하십니까?"

"반대할 이유가 없습니다. 김태하 선생 혼자서 가는 것보다는 훨씬 나은 선택으로 보입니다."

일이 이렇게 되자 태하의 투입을 반대하는 사람이 없었다.

"좋습니다. 그럼 오늘 당장 조가괴협과 김태하 선생을 볼모로 보내도록 하시지요."

"그럽시다."

태하는 놈들이 자신을 정체를 모르는 것이 다행이라고 생각했다.

천하랑이 전음으로 태하에게 말했다.

'놈들이 죽으려고 발버둥을 치는군. 수고 좀 해주시게.'

'걱정하지 마십시오. 아주 제대로 쓸어버리겠습니다.'

태하는 슬그머니 미소를 지었다.

제6장
납치 연극

그날 밤, 남궁세가의 장원 앞으로 헬리콥터 한 대가 날아들었다.

태하는 자신의 곁에 선 설아를 바라보며 물었다.

"생존할 가능성이 얼마나 있다고 봅니까?"

"글쎄요. 한 1%?"

"그런가요?"

거대한 프로펠러 아래에 선 복면인이 태하를 바라보며 물었다.

"그쪽이 김태하 선생인가?"

"그렇습니다."

"용기가 가상하군. 사랑하는 약혼녀를 위해서 그 한 몸 바치겠다니 말이야."

"어차피 결혼하면 일심동체입니다. 지금 죽으나 그때 죽으나 매한가지 아닙니까?"

"오호라, 신념이 대단하군."

순간, 설아가 태하의 손을 꼭 잡았다.

태하는 그녀가 손을 잡았다는 것에 약간 놀라긴 했지만 어쩌면 당연한 일이라고 생각했다.

'그래, 무섭기도 하겠지.'

원래 설아는 뚝심 있고 사리 분별이 뚜렷한 여인이지만 그렇다고 감정이 아예 죽어 있는 여자는 아니었다.

비록 자신의 필요에 의해서 태하와 결혼을 결심했다곤 해도 감성적인 면이 아주 결여된 허수아비는 아니라는 소리다.

태하는 그런 그녀의 손을 꼭 쥐었다.

"나를 믿습니까?"

"네."

"그 믿음, 배신하지 않도록 최선을 다해보겠습니다."

복면인은 두 사람의 손에 수갑을 채웠다.

철컥!

그런데 사람은 두 명인데 수갑은 달랑 하나뿐이다.

"클클, 일심동체라고 했던가? 그럼 어디 한번 그렇게 살아 봐. 아주 좋은 경험이 될 테니까."

"아무리 그래도 인질을 2인 3수로 묶으면 어쩌자는 겁니까?"

"일심동체이면 그렇게 하는 것이 맞는 것 아닌가? 그리고 어차피 너희 둘은 어디를 가든 함께 다닐 것이다. 관리하는 것도 그리 쉬운 일은 아니거든."

태하는 불만을 토로하려다 그만두었다.

"기왕지사 갈 것이라면 빨리 갑시다."

"사지로 들어가는 사람치곤 아주 태연하군."

"그런 집안에서 태어나서 그렇습니다."

"그래, 언제까지 그렇게 태연할 수 있는지 한번 두고 보자고."

태하와 설아를 태운 헬리콥터가 하늘 높이 떠올랐다.

두두두두두두!

그런 두 사람을 바라보는 남궁세가 사람들의 눈동자가 파르르 떨렸다.

언젠가는 이 납치범들을 찢어발기겠다는 각오가 서려 있었다.

'자존심이 많이 상했겠군.'

다른 것은 몰라도 집안의 자존심이 걸린 문제에서 한 수를 접어주었다는 것은 무인으로선 결코 용납할 수 없는 일이다.

그렇지만 현재로선 딱히 다른 방법이 없다는 것을 잘 알기에 그 누구도 납치범들의 앞을 막아설 수 없었다.

이제 낯설고 위험한 곳으로 가는 그녀의 손이 떨리고 있었다.

태하는 그 손을 더욱 꼭 쥐었다.

'괜찮을 겁니다.'

아마도 그녀는 꿈에도 모르고 있을 테지만 이들은 지금 이 세상에서 가장 위험하고 강력한 인간 병기를 데리고 사지를 향해 걸어가고 있는 셈이다.

태하는 이번 기회에 박살을 내주겠다고 다짐했다.

＊   ＊   ＊

남궁세가의 장원을 떠난 헬리콥터는 대략 네 시간 만에 최신형 상륙함에 내려앉았다.

쏴아아아!

거친 바다를 헤치고 나아가는 상륙함의 속도가 지금껏 태하가 보아온 상륙함과는 차원이 달랐다.

그는 이것이 말로만 듣던 차세대 상륙함이라는 것을 알 수 있었다.

갑판에서 내려와 지하 선실로 들어가는 길목에는 티타늄 합금으로 만든 파이프라인과 몬스터 코어 등으로 도금된 강판이 놓여 있었다.

아마도 이 배는 최근 들어 가장 각광받고 있는 몬스터 융합 기술이 대거 적용된 모델인 것 같았다.

만약 기존의 합금 기술로 상륙함을 만들었다면 결코 이런 속도는 낼 수 없을 터, 그렇다면 배의 엔진 역시 몬스터 코어로 만들어진 것이 분명했다.

'미군에서 운영하는 배인가, 아니면 한국에서 진수한 배를 탈취한 것인가?'

조선 기술로는 세계 1위를 달리는 한국은 몬스터 합금 기술을 적극 활용하여 전투함을 비롯한 각종 군함들을 대거 만들어냈다.

또한 풍부한 몬스터 코어를 기반으로 하여 비행기나 전차, 자동차, 화기, 전투 장비 등 눈부신 군수물자의 혁명을 이끌어 냈다.

그러나 여전히 기술력에선 미국을 따라갈 수 없었기 때문에 튼튼하고 빠른 배를 만들어낼 수는 있어도 그 안에 들어가는 첨단 기기들은 수입에 의존하는 경우가 많았다.

그나마 최근 5년 사이에 그 기술력의 격차를 많이 따라잡아서 지금은 극히 일부분을 제외한 모든 군사기술을 한국 자력으로 충당하는 추세이다.

미군을 비롯한 여러 국가들은 몬스터 코어의 주 생산국인 한국에서 만들어지는 합금 강판이나 강철 등을 수입하거나 일부 첨단 기기를 제외한 완제품을 수입하여 사용하기도 했다.

그중에서도 주로 많이 수입하는 것이 바로 군함이었다.

특히나 상륙함을 비롯하여 수륙양용장갑차 등은 몬스터 코어 가공물의 비중이 절대적으로 높기 때문에 미국 내에선 잘 생산하지 않았다.

뼈대만 진수하여 미국에서 개조해 사용하는 편이 여러모로 군에 도움이 되었기 때문이다.

가만히 상륙함을 훑어보던 태하는 이것이 군에서 가지고 온 것이 아닐지도 모른다는 생각이 들었다.

'그 흔한 로고 하나 없는 것을 보니 상륙함 자체를 어디선가 구매해서 사용하는 것 같은데… 도대체 전투함정을 어디서 구할 수 있단 말인가?'

군수물자를 생산하는 업체 중에서 민간에게 장비를 판매할 수 있는 곳은 얼마 되지 않을뿐더러 전투함정 같은 경우엔 아예 양도할 수 있는 곳이 없었다.

만약 이 함정이 군에서 탈취한 것이 아니고 민간 자본으로 구매한 것이 확실하다면 이것은 한국군이나 미국군, 해상자위대 등에 끄나풀이 있는 것이 분명했다.

끄나풀 중에서도 그 줄이 아주 단단한 자를 뒷배로 둔 것 같았다.

천천히 걸어서 지하 선실에 당도한 태하와 설아는 대략 두 평 남짓한 방에 거의 구겨 넣듯이 처박혔다.

쿵!

"들어가라. 여기서 알콩달콩 지지고 볶든 말든 알아서 하고."

"…여기서 말입니까?"

"그럼 크루즈의 초호화 선실이라도 내어줄 줄 알았나?"

그는 선실의 문을 잠근 후 복도의 불을 모두 소등해 버렸다.

딸각.

이제 보이는 것이라곤 선실 안에 있는 작은 백열등 하나뿐이다.

"쩝, 이놈들이 사람을 아주 죄수 취급하는군요."

"…그러게요."

간신히 두 사람이 누울 자리와 변기 하나가 고작인 이곳에서 과연 얼마나 버틸 수 있을지 태하는 갑자기 막막해졌다.

'차라리 지금 튀어나가 쓸어버릴까?'

성질 같아선 지금 당장 상륙함 안에 있는 테러리스트들을 모두 쓸어버리고 배를 점령하고 싶었으나 이들의 행선지를 알아내야 하기 때문에 그럴 수가 없었다.

태하는 급격하게 어두워진 그녀의 표정을 살폈다.

"괜찮아요?"

"…아니요. 막상 이곳에 갇혀보니 전혀 괜찮지가 않네요."

"그래요. 감옥에 갇혀서 기분 좋은 사람이 어디 있겠습니까?"

그는 금강석 인형을 아주 작게 만들어서 수갑을 풀 수 있는 기계로 변형시켰다.

끼릭, 끼릭.

녀석은 손톱보다 더 작은 팔을 열쇠로 만들었다.

구구구국!

잠시 후, 수갑이 풀리면서 그녀와 태하는 따로 떨어질 수 있게 되었다.

철컥!

그러자 그녀가 눈을 동그랗게 떴다.

"어, 어머나?"

"쉿, 조용히. 잘못하면 걸릴 수도 있어요."

태하는 미소를 지으며 그녀를 바라보았다.

"자, 어때요? 이젠 좀 나아졌나요?"

"…글쎄요."

"왜, 왜요? 손이 자유로우면 조금 나아질 줄 알았는데."

그녀는 고개를 저었다.

"아니요, 어차피 화장실도 따로 못 쓰는데 손이 풀려 있으면 뭐 하나요? 그럴 바엔 차라리 묶여 있는 편이 나아요. 적어도 태하 씨가 어디로 도망가지는 않을 것 아니에요?"

"제, 제가 도망을 가요? 왜 그런 생각을 하십니까?"

"…불안해졌을 때 손을 잡으면 좀 나아져요. 그리고 태하씨와 제가 무언가 단단한 것으로 연결되어 있다는 점에서 안정감이 들지요."

설아는 다시 태하와 자신의 팔을 수갑으로 엮어버렸다.

철컥!

"이제 좀 낫네요."

"그, 그렇군요."

때론 사람과 사람을 연결하는 고리가 극도의 불안에서 해방시키는 요인이 되기도 한다.

태하로선 전혀 이해를 할 수 없는 부분이지만 그녀는 현재 수갑이야말로 가장 든든한 연결고리라고 생각했다.

그녀는 태하의 손을 꼭 잡았다.

"미안해요. 당분간만 이렇게 있어요."

"그래요. 어지간하면 손을 놓지 않는 방향으로 해보겠습니다."

"고마워요."

태하는 그녀와 손을 꼭 잡은 채 출렁거리는 바다를 부유하였다.

*　　　*　　　*

얼마나 시간이 지났을까?

이제 슬슬 점심에 먹은 음식이 소화되어 배설물로 바뀔 시간이 다가오고 있었다.

설아는 아까부터 계속 몸을 배배 꼬며 안절부절못했다.

"으음!"

"왜 그래요? 어디 아파요?"

"아, 아니요, 그게 아니고……."

"어디가 안 좋으면 말씀하세요. 혹시 복통이 있습니까?"

태하는 직업병처럼 그녀의 맥박부터 짚었다.

하지만 그녀는 신경질적으로 태하를 대하였다.

"…그게 아니라고요!"

"미, 미안합니다."

"화, 화장실이 급해서 그래요."

"아아, 그렇습니까? 그럼 일단 수갑부터 풀고 나서……."

그녀는 단호하게 고개를 저었다.

"아, 아니요! 그건 싫어요!"

"그럼 어떻게 볼일을 볼 겁니까? 손이 이래선 불편할 텐데요."

"…그래도 싫어요."

"흠, 이 일을 어쩐담?"

설아는 태하의 손을 꼭 잡았다.

"괜찮아요. 참을 수 있어요."

"하지만 언제까지고 이렇게 참을 수는 없어요. 하루가 될지 이틀이 될지 아무도 장담할 수가 없다고요."

최소한 저놈들이 육지에 닿을 때까지는 기다렸다가 궤멸시켜야 할 텐데, 그전에 방광이 터지게 생겼으니 태하로선 난감하기 그지없었다.

그녀는 이를 악물고 참는 듯하더니 결국 결심했다.

"조, 좋아요. 그럼 지금 해결하도록 할게요."

"그래요. 잘 선택한 겁니다. 그럼 일단 수갑부터 풀고……"

"아, 아니요. 그냥 이대로 해결할게요."

태하는 무척이나 당황해서 그녀를 바라보았다.

"지, 지금 이대로요? 그래도 조금이나마 거리를 두는 것이……"

"싫어요. 그럴 바엔 그냥 참을게요."

"아닙니다. 그냥 뜻대로 하세요."

그녀는 태하의 손을 잡아끌었다.

"기왕지사 해결할 것이라면 빨리 해결할게요. 좀 급해
서……."

"아, 네."

도대체 무엇 때문에 긴장한 것인지는 몰라도 태하는 그녀
가 이끄는 대로 목석처럼 끌려갔다.

"이제 변기에 앉아서 바지를 내릴게요. 죄송하지만 눈 좀
감아주세요."

"네, 알겠습니다."

태하가 눈을 감자마자 그녀는 황급히 바지와 속옷을 내리
고 변기에 앉았다.

그런데 급한 손길과는 다르게 그녀는 좀처럼 볼일을 보지
못했다.

가만히 그녀의 배뇨를 기다리고 있던 태하는 고개를 갸웃
거렸다.

"왜 아직도……."

"시, 시끄러워요."

"미, 미안합니다."

그녀가 겸연쩍은 표정으로 말했다.

"옆에 사람이 있어서 잘 못 누겠어요. 원래 이렇지 않은데
여자가 아니라 남자가 있어서……."

태하는 자신 때문에 오줌을 한 방울도 못 누는 그녀가 너무나도 가엽게 느껴졌다.

'그래, 그럴 수도 있지.'

그는 금강석 인형으로 귀마개와 눈가리개를 만들어냈다.

"자, 이것 봐요. 눈과 귀를 가리면 좀 낫겠죠?"

"그런 것은 어떻게 만들어냈어요?"

"설명하자면 깁니다. 아무튼 이 정도면 조금 낫겠죠?"

"아무래도⋯⋯."

태하는 귀마개와 눈가리개를 하곤 아주 우렁차게 노래를 불렀다.

"높은 산! 깊은 골! 적막한 산하! 눈 내린 전선을 우리는 간다! 젊은 넋 숨져간 그때 그 자리⋯⋯!"

이 세상에서 목소리가 가장 크게 나올 수 있는 노래는 헤비메탈과 군가인데 헤비메탈은 가사를 잘 몰라서 군가를 선택한 것이다.

태하의 군가 덕분에 그녀는 시원하게 폭포수를 터뜨릴 수 있었다.

쏴아아아아아!

아주 시원하고 경쾌하게 폭포수가 쏟아지는 가운데 전혀 예상치 못한 일이 벌어지고 말았다.

참고 있던 소변이 터져 나오는 기쁨에 도취하여 복부에 잔뜩 힘을 주었더니 그만 대변까지 쏟아져 나온 것이다.

푸드드득!

순간, 그녀의 표정이 잿빛으로 물들었다.

"흑, 흑흑!"

너무나 자존심이 상해 눈물까지 흘리는 그녀를 위해서 태하는 더욱 힘차게 군가를 불렀다.

"멋있는 사나이! 많고 많지만 바로 내가 사나이! 멋진 사나이! 싸움에는 천하무적……!"

태하는 지금 그녀가 무슨 상황에 처해 있는지 너무나도 잘 알지만 애써 그 상황을 외면하였다.

끊이지 않고 군가를 무려 네 곡이나 연속으로 부르고 난 후에야 그녀는 자신의 손수건으로 뒤처리까지 깔끔하게 마칠 수 있었다.

비록 사방에 잔잔한 향이 남아 있기는 해도 태하는 그것을 애써 외면하였다.

"보람찬! 하루 일을! 끝마치고서! 두 다리 쭉 펴면! 고향의 안방! 얼싸, 좋다, 김 일병! 신나는 어깨 춤……!"

여전히 계속되는 군가 속에서 냄새는 서서히 사라져 갔다.

이윽고 태하는 그녀의 향기가 사라지고 나서야 드디어 안대와 귀마개를 벗었다.

그는 아무렇지도 않다는 듯이 투덜거렸다.

"배가 너무 울렁거리네요. 이래서 해군이 힘들다고들 하는 모양입니다."

"……."

설아는 아무런 말이 없었다.

태하는 그녀가 수치심 때문에 말을 잃은 것일 테니 이 상황에 대한 기억을 깔끔하게 잊게 해주면 될 것이라고 생각했다.

"용이 승천하면서 내는 소리를 뭐라고 하는지 아십니까?"

"……?"

"올라가용!"

"……."

"푸하하하! 웃기지 않습니까? 그럼 모레가 울 땐 어떻게 우는지 아십니까?"

"……?"

"흙흙! 끄흐흐흐흐흑! 웃기지 않아요?!"

"…훗."

"양이 이 세상에서 제일 싫어하는 것이 뭔지 아십니까?"

"……?"

"양치질!"

워낙 어처구니가 없는 개그이지만 평소 꽤나 진중한 태하가 하니 약발이 조금씩 먹혀들기 시작했다.

"풉!"

"큭큭, 큭큭큭! 재밌죠?! 마지막입니다. 맥주가 죽기 전에 남긴 말이 뭔지 알아요?"

"…뭔데요?"

"유언비어!"

태하의 마지막 개그에 드디어 그녀가 빵 터졌다.

"쿡쿡쿡!"

"어째요? 나도 개그 좀 하는 것 같지 않아요?"

"그래요. 개그에 소질이 조금 있는 것 같기는 하네요."

그는 설아의 손을 꼭 잡았다.

"우리가 이렇게 지하 선실에 갇혀 있기는 합니다만 상황이 아주 절망적인 것은 아닙니다. 조만간 좋은 일이 생길 것이니 너무 걱정하지 말아요."

"고마워요. 태하 씨가 아니었으면 방금 전 나는 죽어버렸을지도 몰라요."

"그런 말 말아요. 당신은 내가 꼭 지킬 겁니다. 그러니 앞으로는 나에게 조금 더 기대도록 하세요."

설아가 싱그러운 미소를 지었다.

"정말 고마워요."

"별말씀을."

그녀는 태하의 어깨에 자신의 머리를 살며시 기댔다.

"이제 졸리네요. 눈 좀 붙여도 될까요?"

"그러십시오."

"내가 자고 일어나면 대신 무릎을 빌려줄게요."

"좋지요."

설아는 태하의 어깨에 기대어 스르르 잠이 들었다.

*　　　　*　　　　*

다음 날, 상륙함이 드디어 육지에 당도하였다.

끼룩, 끼룩!

태하의 발달된 청각 신경에 갈매기 소리가 들리는 것으로 보아 지금 태하가 있는 곳은 육지가 분명했다.

그는 이제 슬슬 자신의 존재감을 드러낼 때가 왔다고 생각했다.

태하의 어깨에 기대어 잠을 자던 그녀 역시 육지에 당도하자 잠에서 깨어났다.

"배가 멈춘 것 같아요."

"아마도 이곳 육지에 배를 정박할 모양입니다."

잠시 후, 태하의 예상대로 복면인들이 선실 안으로 들어왔다.

철컹!

그들은 별다른 소리 없이 태하와 그녀를 이끌고 선실을 나섰다.

"걸어라."

"어디로 가는 겁니까?"

"나가보면 안다. 그냥 데리고 가는 대로 조용히 나가는 것이 신상에 이로울 거야."

일단 태하는 이곳이 그들의 목적지가 아닐 수도 있으니 조심스럽게 따라나섰다.

뚜벅뚜벅.

아무런 소리 없이 그저 발소리만 가득한 복도를 지나고 나니 시원하게 펼쳐진 바다가 보였다.

솨아아아아!

파도가 부서져 내리고 야자수가 피어 있는 이곳은 그야말로 지상낙원이라는 수식어가 딱 맞을 듯했다.

그런 해안가에 정박한 상륙함으로 한 무리의 사람들이 마중을 나왔다.

무리는 거의 대부분 남자로 이뤄져 있었는데 행색을 보아하니 바다를 떠도는 해적 같다.

허름한 사설 군복에 탄띠와 소총을 멘 꼴이 딱 괴뢰군이나 테러리스트 차람새이다.

태하는 이곳이 아마도 해적섬이 아닐까 생각했다.

바다에는 망망대해를 떠돌면서 배를 약탈하고 인신매매를

일삼는 해적이 꽤 많았다.

이들에게 한번 잘못 걸리면 가진 것을 다 빼앗기는 것은 물론이고 신체의 장기까지 다 뜯겨 생명을 잃게 된다.

일반인이 보기엔 세상에 그런 잔악무도한 놈들이 있나 싶겠지만 사람을 그저 먹이사슬에 있는 돈벌이 수단으로밖에 보지 않는 해적들에겐 거의 일상적인 일이나 마찬가지였다.

아니나 다를까, 그들이 인도한 곳 끝에는 링거와 수술 도구가 준비되어 있었다.

"오늘은 몇 놈이라고?"

"남자 하나에 여자 하나."

"여자는 임신하면 값이 떨어져. 아직 미혼이지?"

"미혼이긴 한데 남자와 배꼽을 맞췄을 수도 있어."

"그럼 뜯기 전에 임신 테스트부터 좀 해야겠군."

대화 하나하나에 어째 인간미라곤 전혀 찾아볼 수가 없는 놈들이다.

태하는 이곳이 놈들의 거처이든 아니든 이제 더 이상 참을 수가 없어졌다.

그는 설아에게 아주 작게 속삭였다.

"…조금 시끄러워질 겁니다. 잘 참을 수 있죠?"

"시끄러워지다니요?"

"아무튼 당신의 신변에는 문제가 없을 거예요. 조금 시끄러

위도 참아요. 알겠죠?"

"알겠어요."

잠시 후, 태하는 자신의 주머니에서 작은 옥구슬을 꺼내어 바닥에 집어 던졌다.

툭.

해적들은 태하가 던진 옥구슬을 바라보며 고개를 갸웃거렸다.

"뭐야? 죽기 전에 바다에 시주라도 하는 거냐?"

"시주는 무슨, 나는 종교가 없어."

"그럼 뭐야? 집안 대대로 내려져 오는 장례 풍습이냐?"

태하는 슬그머니 미소를 지었다.

"글쎄, 두고 보면 알겠지."

해적들은 태하가 미쳤다고 생각할 뿐 옥구슬이 무엇을 하는 물건인지 전혀 상상조차 하지 못했다.

*　　　　*　　　　*

해적섬 한가운데 떨어진 옥구슬은 바람이 불자마자 가루가 되어 흩어졌다.

휘이이잉!

해적들은 실소를 머금었다.

"뭐야? 먼지 덩어리냐? 아님 죽기 전에 몸단장을 한 것인가?"

"저게 뭔지 두고 보면 알겠지."

태하의 말이 끝나기가 무섭게 흩어진 가루가 땅바닥을 스쳐 지나가며 사람 키만 한 흙먼지를 일으켰다.

쿠그그그극!

해적들이 고개를 갸웃거렸다.

"저건 또 뭐야?"

잠시 후, 그 흙먼지가 인간의 형상으로 바뀌면서 해적들의 의문점이 해결되었다.

까앙, 까앙!

"사, 사람? 옥구슬이 사람을 만들어냈다고?!"

옥구슬이 만들어낸 사람은 대략 300명 남짓. 해적들은 사람들의 뜬금없는 등장에 조금 놀라긴 했지만 이내 다시 웃음을 되찾았다.

"큭큭, 별것 아니군. 대낮에 허깨비가 나타나긴 했어도 그 숫자가 아주 많은 편은 아니잖아?"

해안가에 모여든 사람은 대략 100명, 저 뒤로 보이는 사람들의 숫자가 그보다 두 배는 더 많으니 대략 쪽수는 맞아떨어지는 셈이다.

그렇지만 해적들이 미처 생각하지 못한 것이 있었다.

까앙, 까앙!

스스스스스스!

해적들이 허깨비라고 생각한 그들의 몸에서 각기 다른 내 가진기가 피어올라 형형색색의 진기 퍼레이드를 펼쳤다.

"허, 허억! 저게 다 뭐야?!"

"뭐긴, 현경의 고수들이지."

금방이라도 튀어나갈 것처럼 진기를 마구 뿜어내고 있는 금강석 인형들을 바라보며 태하가 말했다.

"한 놈도 살려두지 마라! 두목 하나만 남겨두고 다 죽여!"

까앙, 까앙!

금강석 인형들은 해안가 주변에 몰려 있는 해적들을 맨투맨으로 잡아 두들겨 패기 시작했다.

퍽, 퍽, 퍽, 퍽!

다이아몬드로 된 방망이로 사람을 두들기니 해적들은 비명을 지르며 도망 다니기 바빴다.

"크헉! 사람 살려!"

"이런 씨발! 뭐가 이렇게 아파! 살려줘!"

"미친개는 매가 약이다. 놈들을 마구 두들겨 패서 정신을 차리도록 만들어라."

까앙, 까앙!

원래 사람을 두들겨 패서 교육시키는 것은 인령진의 주된 업무였다.

그들은 굳이 태하의 명령이 아니더라도 적을 두들겨 패는 것이 전문이었다.

도망 다니는 해적들의 꽁무니를 졸졸 쫓아다니면서 매질을 해대는 금강석 인형들의 어깨에 어쩐지 흥이 붙어 있는 것 같았다.

제아무리 300명의 인원이라곤 해도 금강석 인형들이 정리하니 채 5분도 걸리지 않아 모두 무릎을 꿇었다.

얼굴이 거의 밤톨처럼 울긋불긋하게 부어오른 해적들은 무릎을 꿇은 채 태하에게 빌었다.

"사, 살려만 주십시오! 다시는 이런 일이 없도록 하겠습니다!"

"그러게 마음을 곱게 써야지. 네놈들처럼 산 사람을 잡아다가 인신매매하는 놈들은 살아 있을 가치가 없어."

태하의 신호에 맞춰 인령진이 몽둥이를 검으로 바꾸었다.

스릉!

"쳐라!"

퍼억!

금강석 인형은 아무런 감정이 없는 무생물이기 때문에 사람 목을 치는 데 주저함이 없다.

단 일격에 깔끔하게 잘려 나간 머리는 떨어져 내린 이후에도 몇 초간 살아서 움직였다.

"아아, 아아……."

눈을 끔뻑거리는 시체들과 정면으로 눈이 마주친 생존자들은 기겁하여 바지에 실례를 하였다.

쉬이이이이익!

태하는 살아 있는 해적들을 바라보며 물었다.

"두 번 묻지 않는다. 배후가 누구냐?"

"……."

"대답하고 싶지 않다는 건가? 그럼 어쩔 수 없지."

그는 무표정한 얼굴로 읊조렸다.

"쳐라."

까앙, 까앙!

퍼억!

인령진이 감정이 있을 리 만무하고 그들의 검은 거침이 없었다.

망설임 없는 그들의 검에 해적들이 고개를 푹 숙였다.

"살려주십시오!"

"배후가 누구냐고 묻지 않나?"

"해적단 두목 에레나입니다!"

"에레나?"

"이 근방을 평정한 해적인데, 지금은 약탈을 나가고 없습니다!"

"그러니까, 그 사람이 너희들의 대빵이라는 소리지?"

"예, 그렇습니다!"

태하는 그녀를 처단하고 다시 생환하면 좋을 것 같다고 생각했다.

하지만 타이밍이 맞지 않는다.

치익!

설아의 상의 속옷에 내장되어 있던 광대역 무전기가 송신을 시작하였다.

─무사하십니까? 응답 바랍니다.

"네, 저희들은 무사합니다."

─다행이군요. 이쪽도 실마리를 잡았습니다. 병원으로 들어온 끄나풀을 족쳤더니 프로그램을 해킹한 집단에 대해 발설하였습니다. 그리고 그것을 토대로 암시장을 조사해 보니 해킹한 프로그램을 가지고 장사를 하는 놈이 있다고 하더군요. 아무래도 그놈이 청야성을 배신한 것 같습니다.

"배신이라……."

─아무튼 그쪽으로 병력을 보낼 테니 선생께선 남궁설아 씨를 데리고 복귀하시기 바랍니다.

무림대회를 연 가장 궁극적인 목표는 끄나풀을 솎아내기 위함이었고, 무림연맹은 그곳에서 엄청난 효과를 거둔 것이다.

덕분에 배후를 잡을 기회가 생겼지만 태하는 이곳도 충분히 중요하다고 생각했다.

"하지만 이곳에 해적의 배후가 있습니다만?"

—그것도 중요하지만 이곳의 상황도 만만치가 않습니다. 프로그램을 가진 사람을 찾아내고 그와 관련된 관계자를 색출해야 합니다. 그리고 지금 미 해군 소속 핵잠수함이 기동을 시작한 것 같답니다. 무슨 일이 벌어지기 전에 놈들의 무전 체계를 장악해서 미사일 발사를 막아야 합니다. 천하랑 장로님의 말씀이시니 일단 돌아와서 합류하시지요.

태하는 어쩔 수 없이 그의 말에 따르기로 했다.

"예, 알겠습니다. 그리하지요."

그는 하는 수 없이 조만간 도착할 병력과 교대하여 육지로 나가기로 했다.

제7장
배신자

우중충하던 서울 하늘이 끝내 빗방울을 떨어뜨리기 시작했다.

쏴아아아아!

어두침침한 동대문 뒷골목의 여관으로 금발의 미녀가 찾아왔다.

그녀는 회색 후드를 뒤집어쓴 채 여관의 문을 두드렸다.

쿵쿵쿵!

여관 '돼지 엄마'의 문이 열리며 중년의 남자가 고개를 쏙 내밀었다.

"누구쇼?"

"이런 사람을 만나러 왔는데……."

그녀가 내민 것은 엉뚱하게도 사람이 아니라 새빨간 고양이의 사진이었다.

중년은 여관방의 열쇠를 하나 건네주었다.

"201호."

"고마워."

복도에 난 계단을 따라서 2층으로 올라가 보니 총 다섯 개의 방이 일렬로 늘어서 있다.

그녀는 2층 맨 앞쪽의 방문을 열었다.

철컥!

열쇠를 구멍에 넣고 돌리자마자 한 남자가 그녀를 맞이했다.

"헷갈리지 않고 잘 찾아왔군. 요즘 이 뒷골목에서 길 찾기가 그리 쉽지 않은데 말이야."

"내비게이션이 폼으로 있는 것은 아니니까."

"아아, 그렇군."

그는 여관방 교자상에 놓여 있는 술잔을 들어서 그녀에게 건넸다.

"한잔?"

"아니, 난 술을 마시지 않아."

"술도 안 마시고 담배도 안 피우고 남자도 멀리하는 여자라… 러시아에선 꽤 인기가 없었겠는데?"

"사람이 인기를 먹고사는 것은 아니니까."

"뭐, 그건 그렇지."

그녀는 남자에게 CD를 한 장 건넸다.

"물건은 이곳에 들어 있어."

"물론 데모 버전이겠지?"

"당연하지. 나도 먹고는 살아야 하니까."

"그래, 맞는 말이다. 사람이 다 먹고살자고 일을 하는 것이니까."

CD를 받은 남자가 그녀에게 슈트케이스를 두 개 건넸다.

"선금. 절반은 현금이고 절반은 무기명채권이야. 이 정도면 최소한 성의 표시는 했다고 생각하는데?"

"그거야 보는 관점에 따라서 다른 거지."

그녀는 슈트케이스를 챙겨 일어섰다.

"작품을 감상하고 난 후 정확한 가격을 결정해서 연락 줘. 당분간 아시아에 머물 생각이니까."

"아시아 어디?"

"내가 그런 것까지 일일이 말해야 하나?"

"후후, 까칠한 것은 여전하군. 좋아, 네가 어디서 살고 있는지는 중요하지 않지. 아무튼 일주일 내로 연락 줄게."

"나흘. 그 안에 주지 않으면 물건은 다른 사람 손에 넘어갈 거야."

칼같이 말을 끊어버린 그녀는 뒤도 돌아보지 않고 여관을 나섰다.

남자는 그녀가 돌아서자마자 노트북을 꺼내어 CD롬을 연결시켰다.

삐릭!

노트북에 CD롬이 연결되자, 검은색 독사 두 마리가 뒤엉켜 있는 형상의 로고가 나타났다.

로딩 중⋯⋯.

잠시 후 로고가 사라지면서 총 22개의 슬롯을 가진 일종의 운영 체제가 모습을 드러냈다.

TMS 리모컨 원격조종장치

그의 얼굴에 슬그머니 미소가 걸렸다.

"⋯만약 이게 진품이라면 천하를 얻는 것이나 다름없다!"

22개의 슬롯을 찬찬히 살피면서 프로그램을 눈에 익힌 그는 슬롯 중에서 하나를 선택하였다.

딸깍.

그러자 미 정보국의 군사위성이 서울 동대문의 돼지 엄마 여관을 비추었다.

─목표물 포착.

군사위성이 포착한 목표물로 무인 정찰기 석 대가 날아와 정밀 수색을 펼치기 시작했다.

쐐에에엥!

그는 굳이 창밖으로 고개를 내밀지 않아도 무인 정찰기가 저공비행하는 소리를 듣고 상황을 파악하였다.

"하하, 하하하! 데모 버전이 이 정도면 실제 실용화 버전은 아주 난리도 아니겠는데?"

남자가 노트북을 덮자마자 정찰기는 원래의 위치로 되돌아갔다.

그는 흡족한 미소를 지었다.

"좋아, 바로 이거다!"

자리에서 일어선 그는 목덜미에 걸려 있는 펜던트 안에서 USB를 하나 꺼냈다.

그러곤 영국 연방은행의 전산망에 접속하여 개인 계좌를 열었다.

계좌이체 실행. 예금주:미국 산업은행 345─456─*****

그는 개인 계좌에서 5억 달러를 인출하여 미국 산업은행으로 계좌 이체를 했다.

한화로 5천억에 달하는 금액을 이체시켜 놓고도 그는 여전히 횡재했다는 듯이 기쁨을 감추지 못했다.

"좋아, 좋아! 내가 바로 이 세상의 신이다!"

여관방 안에선 한동안 웃음소리가 끊이질 않았다.

*   *   *

노스트룩스 소속 해커이자 러시아 정보국 소속 IT 공격부대의 수장인 아나스타샤 피터로바는 최근 한 달 전에 미국의 TMS 리모컨을 탈취하고 월스트리트의 전산을 파괴시킬 수 있는 악성 코드를 개발하였다.

현재 그녀의 작품들이 미국 재계의 심장부인 월스트리트 중앙전산에 자리를 잡고 있고, TMS 리모컨의 원형이 그녀의 손에 쥐어져 있었다.

만약 그녀가 마음만 먹는다면 미국을 이용하여 3차 세계대전을 일으키는 것도 무리는 아니었다.

그렇지만 그녀는 청야성이 득세하여 제2의 나치를 세우는 것을 원치 않았다.

청야성은 20년 전부터 꾸준히 IT 기술을 연구하고 해커들을 양성하여 전 세계 곳곳에 있는 정보기관에 끄나풀로 보냈다.

제3의 물결이 일면서 각 국가들은 전산망을 이용한 공격에 대비하지 않을 수 없었다.

때문에 화이트 해커들의 몸값은 이루 말로 설명할 수 없을 정도로 높은 가치를 구가하는 중이다.

이때에 맞춰 끄나풀들을 풀어놓으니 그들이 승승장구하는 것은 어쩌면 당연한 일이었다.

노스트룩스의 해커부대가 각 나라의 정부 각처를 공격하고 정, 재계를 흔들어놓으면 화이트 해커로 파견된 끄나풀은 사전에 하달받은 소스를 바탕으로 방화벽을 재정비한다.

이렇게 손발을 맞춰서 쇼를 벌이다 보면 직급이 올라가고 나라에서의 대우가 달라지는 것은 당연지사였다.

아나스타샤는 이제 정부에서 없어선 안 될 중요 인사가 되었다.

만약 그녀가 미국이나 일본 등으로 망명을 신청한다면 수천억을 줘서라도 모셔올 곳이 줄을 섰다.

비록 겉으로 드러난 사람은 아니었지만 아나스타샤는 이제 나름대로 이 업계에선 꽤나 대물로 성장한 것이다.

그런 그녀가 선택한 길은 의외로 혼돈의 구렁텅이였다.

아나스타샤의 핸드폰으로 문자메시지가 날아들었다.

딩동!

계약합시다.

그녀는 핸드폰을 닫아버렸다.

"그래, 서로 물어뜯다가 산화해 버려라. 나는 이제 그만 슬슬 빠져줄 테니."

핸드폰 안에는 계약을 종용하는 문자가 무려 열네 개나 와 있었다.

아나스타샤는 자신이 잘 알고 지내던 암흑가 보스들과 메머드급 사조직들에게 TMS 리모컨의 데모 CD를 돌렸다. 또한 미국을 이용하여 스스로 최강국이 되기를 원하는 국가들에게까지 CD를 보냈다.

그녀는 전체 금액의 10%를 현금으로 지급한다는 조건을 내걸고 데모 CD 습득 이후 중도금을 받고 분할 압축 파일의 절반을 넘겨주기로 했다.

지금까지 선금으로 모인 현금만 해도 무려 10억 달러에 이르며 어떤 이는 초호화 유람선에 개인 잠수함까지 딸린 세이프하우스를 제공하기까지 했다.

이제 그녀는 개인 잠수함에 대략 3년 동안 버틸 수 있는 물자를 싣고 유유자적 심해를 떠돌면서 살아갈 생각이다.

자신들이 세계 최고의 권력자가 되기를 원하는 이들의 파멸과 자신을 범죄자의 길로 이끈 노스트룩스를 물 먹이기 위함이다.

지금 그녀의 잠수함은 동해안 삼척에 정박하고 있기 때문에 그동안 모아놓은 돈만 챙겨서 떠나면 그만이다.

그녀는 자신의 오랜 파트너이자 소꿉친구인 렉스에게 전화를 걸었다.

—어디야? 밤늦도록 어디서 뭘 하는 거야?

"렉스, 나와 함께 떠날까?"

—뭔 소리야? 헛소리 그만하고 어서 돌아와. 오늘 같이 파자마 파티 하기로 했잖아.

"진심으로 하는 소리야. 너만 괜찮다면 함께 전 세계를 떠돌면서 살고 싶어. 평생 동안 펑펑 쓰다가 죽어도 남을 정도로 많은 돈을 모아두었고 물자도 확보했어. 심해에서 한 3년만 같이 지내자."

렉스는 그녀가 진심이라는 것을 어렵지 않게 간파하였다.

무려 30년이 넘게 같은 동네에서 자라나 온갖 세상 풍파를 함께 겪은 렉스가 그녀의 감정을 읽지 못할 리가 없었다.

그는 떨리는 목소리로 물었다.

—이봐, 아나스타샤. 우리가 아무리 잠수를 탄다고 해도 놈들의 손아귀를 빠져나갈 수 있을 것 같아? 아마 이 지구상에선 제대로 살아갈 수 없을 거야.

"그래, 지구상에선 제대로 살기 힘들겠지. 그래서 심해에서 3년 동안 지내자는 것 아니야."

—심해?

"바다 말이야. 내가 잠수함을 구해두었어. 우리 둘이 진짜 잠수 타면서 살아보면 어떨 것 같아?"

렉스는 실소를 흘렸다.

─허어, 진심으로 하는 소리야?

"코흘리개 꼬마이던 때부터 내가 헛소리하는 것 봤어?"

그는 믿을 수 없다는 듯이 말했다.

─아나스타샤, 너는 만약 내가 함께 가지 않겠다고 하면 어쩌려고 그랬어?

"혼자 떠나야지."

─그럼 혼자 남은 나는?

"너는 혼자서 살아남는 방법을 잘 알고 있잖아? 전 세계 도처에 널린 것이 네 지하 벙커인데 뭐가 걱정이야?"

─…그동안 내가 겪을 상실감이나 배신감은?

"그래서 지금 내가 제안하잖아. 모든 것은 준비되었어. 네가 떠날 준비만 마치면 끝이야."

렉스는 일단 그녀와 얼굴을 맞대고 얘기하기로 했다.

─아무튼 일단 만나자. 지금까지 이 사실에 대해서 알고 있는 사람들이 얼마나 돼?

"내가 잠수를 탄다는 사실은 아무도 모를 테지. 하지만 나에게 돈을 준 사람은 대략 15명쯤 되는 것 같아."

─공수표를 많이도 뿌렸구나. 어차피 잠수를 타지 않으면 죽는 거잖아?

"빙고."

─후후, 넌 정말 어려서부터 사람을 곤란하게 만드는 재주

가 있단 말이야.

"하지만 내가 단독 행동을 하지 않았다면 우리가 여기까지 올 수 있었겠어?"

—뭐, 그건 그러네.

"아무튼 지금 그곳으로 갈 테니 조용히 짐 챙기고 있어. 혹시라도 냄새를 맡은 노스트룩스가 너를 찾아올지도 모르니까."

—좋아, 그렇다면 장소를 옮기자. 내가 가지고 있는 서울 강남의 세이프하우스에 대해서 알고 있지?

"물론이지."

—비밀번호는 네 생일과 내 생일이야. 우리가 어릴 때부터 줄곧 함께 사용하던 패스워드 말이야.

"알겠어. 접수했어."

—지금 당장 짐 싸서 그곳으로 갈 테니 최대한 빨리 올 수 있도록 해.

그녀는 렉스에게 조금은 미안했는지 한마디 던졌다.

"먹고 싶은 것 있어?"

—지금 그런 것이 있겠어? 정 사오고 싶다면 오는 길에 위스키와 아이스크림 좀 사와.

"알겠어. 금방 갈게."

아나스타샤의 표정이 이내 밝아졌다.

      *   *   *

밤부터 내리던 빗줄기가 점점 더 거세지더니 이내 앞을 똑바로 쳐다볼 수 없을 정도로 거칠어졌다.

그럼에도 불구하고 강남 최고의 주상복합 아파트인 아너스 빌리지에선 도로 공사가 한창이다.

다다다다!

"한 시간이면 마무리할 수 있어! 모두 힘내자고!"

"예!"

도로 공사의 마감 기간이 바로 오늘까지이기 때문에 아너스 빌리지의 하청 업체 미선 도로 공사는 억수처럼 내리는 빗줄기를 뚫고 작업에 한창이었다.

그런 그들의 곁을 스치며 지나가는 사람이 있었다.

회색 후드를 뒤집어쓴 한 늘씬한 미녀가 빗줄기를 뚫고 아파트 단지 안으로 들어가고 있었다.

이곳에 사는 사람들은 대부분 최고급 승용차를 타고 다니기 때문에 저렇게 우산도 없이 걸어 다니는 경우는 그리 흔치 않았다.

미선 도로 공사의 사장이자 작업반장인 정인묵은 도로를 다지는 와중에도 그녀에게로 눈길이 돌아갔다.

"이야, 이 동네에 저런 미녀도 있네."

"당연하죠. 이곳이 대한민국에서 제일 비싼 아파트 아닙니까?"

"그래도 그렇지, 저런 금발의 미녀가 돌아다닌다는 것이 믿기지가 않는군. 이곳이 무슨 비버리힐즈라도 되는 것 같잖아?"

"한국의 비버리힐즈라고 부르는 것이 헛소리는 아닌 모양이지요."

"그런가?"

공사는 바빠도 작업 중간에 수다라도 떨어주지 않으면 힘에 부쳐서 오늘 안에 끝내지 못할지도 모른다.

정인묵은 이제 막바지 한 블록만은 남겨두고 있었다.

"이제 하나 남았다! 5분, 5분 안에 마무리 짓자!"

"예!"

공사가 끝나면 거하게 소주 한잔 기울이기로 했으니 팀원들은 너 나 할 것 없이 최선을 다해 작업에 몰두했다.

돌을 잘게 부수어 징검다리를 만드는 이번 작업은 비가 오면 흙이 아래로 스며들어 오히려 양생에 유리한 부분이 있었다.

그렇기 때문에 정인묵은 군이 오늘까지 공사를 마감하려 애를 쓰고 있던 것이다.

이제 한 번 남은 망치질 작업에 정인묵은 묵묵히 마지막 힘을 다했다.

까앙!

그가 징검다리의 마지막 파편을 땅바닥에 때려 박을 때쯤, 저 멀리서 뭔가가 차에 치는 소리가 들렸다.

끼익, 퍼억!

"…뭐야?"

"반장님, 사고가 난 것 같은데요?"

"사고?"

이제 공사도 마무리되었겠다, 모두 소리가 들린 현장으로 재빨리 달려가 보았다.

그런데 사람이 치인 자리엔 사고를 수습하는 사람은 없고 무작정 앞만 보고 미친 듯이 달리는 차량만 보였다.

아무래도 저 차량이 사람을 치고 도망가는 것 같았다.

"반장님, 저 차의 범퍼가 찌그러져 있어요! 유리창에 금도 좀 간 것 같고요!"

"뺑소니다! 어서 경찰에 신고해!"

"네!"

"번호판은 찍었냐?!"

"그럼요!"

"이 새끼, 오늘 죽었어!"

자리에 사람이 없는 것을 보면 사고를 낸 후에 피해자를 차에 싣고 도망치는 것 같았다.

부하들이 경찰에 신고하는 틈에 정인묵은 사고 차를 따라서 내달리기 시작했다.

"야, 이놈아! 거기 안 서냐?!"

부아아아아아앙!

하필이면 사람을 친 차량이 스포츠카라서 출력이 예사롭지가 않았다.

작업 차량은 저 멀리 있고 사고 차량은 이미 꽤 멀어져 갔으니 지금 그가 할 수 있는 일은 아무것도 없었다.

"젠장! 저놈, 아주 꽁지가 빠져라 도망치는군."

"반장님, 이제 우리가 할 수 있는 일은 아무것도 없습니다. 미리 장비나 실어놓고 경찰이 오면 진술 몇 마디 해주고 갑시다."

"그래야 하나? 이것 참, 좋은 날에 찜찜하게 이게 뭐람?"

"그래도 사고가 났다는 것을 알았으니 경찰이 가만있지는 않을 겁니다. 우리가 번호판도 사진으로 찍어두었으니 금방 붙잡힐 거예요."

"그나마 다행이로군."

"아무튼 이제는 우리 할 일을 할 때입니다."

"그래, 가자고."

조금 찜찜하긴 하지만 용의자에 대한 신상을 확보했으니 할 일의 절반은 한 셈이다.

정인묵은 빗속에 방치되어 있는 장비들을 거두어 차량에 실었다.

* * *

드디어 병상에서 일어난 미하엘은 퇴원 신청을 마치고 집으로 돌아갈 생각이다.

그는 병원 수납처를 찾아가 계산서를 요청하였다.

"병원비 좀 수납합시다."

"성함이 어떻게 되시죠?"

"미하엘 클라인입니다."

수납처의 직원이 고개를 가로저었다.

"환자분의 성함으로 청구된 병원비는 이미 수납 처리되었습니다. 그냥 돌아가시면 됩니다."

"수납을 했다고요? 누가요?"

"그건 저희도 잘 모릅니다. 수납할 때는 그냥 돈만 지불하면 되거든요."

"으음."

아무래도 무당파에서 알아서 병원비를 치른 것 같았다.

그는 무당파의 스카우트 제의가 진심이라고 느껴졌다.

"별 희한한 사람들이군. 이렇게 별 볼 일 없는 나를 속가제자로 삼는 속셈이 뭐지? 그냥 하청 용병으로 부려먹어도 모자랄 판에."

사문을 욕한 자를 사생의 예로 받아들인다는 것이 쉽게 납득이 가지 않았다.

그렇지만 지금 그로선 무당파의 제자로 들어가는 것이 그리 나쁘지 않았다.

"당분간 끼니 걱정은 안 하겠군."

무기도 깨지고 가진 것이라곤 몇 푼 되지도 않지만 일단 고향으로 돌아가 정리할 것은 정리하고 가지고 올 것은 가지고 와야겠다고 생각했다.

미하엘은 병원을 나서자마자 공중전화 박스를 찾았다.

신용도가 그리 좋지 못해 핸드폰을 개통하지 못한 미하엘은 항상 공중전화를 사용했다.

병원에서 대략 5분 거리에 있는 공중전화까지 걸어온 그는 주머니에 있는 동전을 탈탈 털어서 동전 투입구에 집어넣었다.

딸깍!

뚜우.

항공사 전화번호를 눌러서 상담원과 연결한 미하엘은 예약 수속을 밟기 시작했다.

　—네, 한국항공입니다. 무엇을 도와드릴까요?

　"예약 좀 합시다."

　—어디서 어디까지 가는 노선이지요?

　"김포에서 독일까지……."

　미하엘이 한창 전화 통화를 하고 있는데 저 멀리서 한 여인이 비틀비틀 걸어오는 것이 보인다.

　"쿨럭쿨럭!"

　어깨가 축 늘어진 것이 탈골이 된 것 같고, 귀와 코에서 피가 흘러내리는 것으로 보아 뇌출혈이 있을 가능성이 높았다.

　미하엘은 일단 수화기를 내려놓았다.

　—독일 어느 공항으로 가시는 노선인지요?

　"잠시만 기다려 주세요."

　수화기를 내려놓은 그는 피를 게워내고 있는 그녀에게 다가갔다.

　"이봐요, 괜찮아요?"

　"우웨에에에엑!"

　"뭐야? 도대체 뭐가 어떻게 된 거야?"

　"…뺑소니, 뺑소니를 당했어요."

　"뺑소니?"

　지금 그녀의 상태가 심각한 것을 보면 아무래도 천천히 달리던 차에 부딪친 것은 아닌 것 같았다.

그는 뺑소니범의 행방에 대해 물었다.

"뺑소니범은, 당신을 치고 도망간 놈은 어디로 갔어요?"

"몰라요. 나를 치어놓고 태우더니 한참을 달리다 병원 인근에 떨궈놓고 도망쳤어요."

"개자식인데?"

"쿨럭쿨럭!"

자꾸만 피를 게워내는 것을 보니 내상을 입은 것 같았다.

"이봐요, 이름이 뭐예요?"

"모, 모르겠어요. 지금 기억나는 것은……."

"이봐요?"

한참을 비틀거리던 그녀는 결국 그 자리에 쓰러지고 말았다.

"아아……!"

"이봐요! 정신 차려요!"

미하엘은 얌전히 집으로 돌아가려다가 졸지에 혹을 붙인 꼴이 되고 말았다.

"제기랄, 재수가 없으려니 별일이 다 일어나는군. 아닌 밤중에 뺑소니라니, 이게 무슨 날벼락이람?"

그는 하는 수 없니 그녀를 들쳐 업고 병원까지 전력 질주하기 시작했다.

＊　　　＊　　　＊

　병원에서 나간 지 채 30분도 안 되어 다시 미하엘은 피투성
이가 된 여자를 들쳐 업고 응급실을 찾았다.

　"간호사! 사람이 다쳤어요!"

　"어머나! 상태가 왜 이래요?!"

　"몰라요! 저 앞에 쓰러져 있는 것을 데리고 왔어요! 쓰러지
기 전에 뺑소니를 당했다고 말했어요!"

　"자동차에 치였군요!"

　"네, 그런 것 같아요!"

　"잘 알겠습니다! 일단 선생님께선 응급실 밖에서 대기해 주
세요!"

　"아, 알겠습니다."

　졸지에 임시 보호자가 된 그는 하는 수 없이 병원 간이 의
자에 누워 응급처치가 끝날 때까지 기다리기로 했다.

　미하엘이 누워 있는 동안 의료진이 대거 뛰어와 분주하게
움직이는 모습이 연출되었다.

　"어서 수술실로 옮겨! 보호자는?!"

　"환자가 가진 소지품도 없고 의식도, 기억도 잃은 것 같습
니다. 보호자라고 지목할 만한 사람이 없어요."

"그럼 병원까진 어떻게 온 거야?"

"지나가는 행인이 구해줬답니다."

"그래? 그럼 일단 수술부터 하자고! 자네는 병원으로 데리고 온 사람에게 인터뷰 좀 해와!"

"예, 알겠습니다!"

응급실 인턴은 미하엘에게 발견 당시의 특이 사항에 대해 물었다.

"선생님, 번거로우시겠지만 질문 몇 가지만 하겠습니다. 괜찮으시죠?"

"그럽시다."

"발견 당시의 상태가 어떠했습니까?"

미하엘은 인턴에게 그녀에 대해 아는 대로 말했다.

그는 이제 자리에서 일어났다.

"그럼 나는 이만 가도 되겠습니까?"

"아니요, 잠시만 기다려 주시면 안 되겠습니까?"

"…뭐요? 사람을 데려다 주었으면 그만이지 또 뭐가 남았어요?"

"뺑소니 사건에 대해선 경찰서에서 참고인 진술을 받아가야 하기 때문에 불편하셔도 조금만 참아주십시오. 죄송하게 되었습니다."

"거참, 무지하게 번거롭네."

생각 같아선 그냥 병원 문을 부수고 나가고 싶었지만 로마에 오면 로마의 법을 따르라고 했으니 지금은 일단 수술이 끝나기만을 기다려야 할 것 같았다.

약 세 시간 후, 악천후를 뚫고 관할 경찰서에서 형사들이 찾아왔다.

그들은 얼마 전에 들어온 사건 정황과 지금의 사건을 엮어서 뺑소니 사건의 접점을 찾으려 노력했다.

"선생님께서 차량에서 내려 사람을 버리는 것을 직접 본 것은 아니시죠?"

"저 여자가 말해줘서 알았습니다. 저는 그 시각에 비행기 티켓을 예매하고 있어서 주변에서 무슨 일이 일어났는지 알 수가 없어요."

"흠, 그렇군요."

"아무튼 저 여자의 말에 의하면 어디선가 사람을 치어서 차에 태우고 적당한 곳에 버리고 간 것 같더군요."

"정확하게 얼마나 됐는지는 알 수 없고요?"

"정신이 그나마 붙어 있을 때도 피를 게워내느라 경황이 없었습니다. 이름을 물었는데 대답을 못 하더라고요."

"아아, 그래요?"

형사들은 그의 증언을 꼼꼼히 작성한 후 그에게 용의자가 있음을 알렸다.

"사건의 용의자가 있습니다. 지금 선생님께서 해주신 증언이 사건을 해결하는 데 결정적인 단서가 될 수도 있어요. 그러니 시간을 빼앗았다고 괘씸하다 생각 마시고 너그럽게 이해해 주십시오."

"뭐, 사람이 죽고 사는 문제인데 괘씸하고 말고가 어디 있습니까?"

"그렇게 이해해 주시니 뭐라 감사를 드려야 할지 모르겠네요."

"아무튼 저는 이만 돌아가 보겠습니다."

"예, 그러시죠."

형사들에게 귀가 허락을 받은 미하엘이 병원을 나서려는데 간호사가 다가왔다.

"저, 선생님."

"……?"

"죄송한데… 환자가 이제 막 수술을 끝냈거든요. 괜찮으시다면 대신 입원 수속 좀 밟아주실 수 있을까요?"

"이, 입원 수속이요?"

"아무래도 환자가 의식이 없고 언제 깨어날지 모르다 보니… 우리 병원에선 대리 수속을 밟기도 하니까 괜찮으시다면 서명 좀 부탁드릴게요."

"거참, 뭐가 이렇게 복잡해요?"

"죄송합니다. 부탁 좀 드릴게요."

몬스터가 창궐한 이후로 병원법이 많이 개정되어 대리 수속을 밟는 경우가 종종 있었는데, 이런 경우엔 병원에서 대리 수속인의 신변에 대한 확신이 있을 때만 가능했다.

지금은 미하엘이 병원에 입원한 경력이 있어서 대리 수속을 할 수 있었다.

그는 하는 수 없이 다시 원무과를 찾아갔다.

원무과 직원이 미하엘에게 대리 수속 확인서와 동의서를 내밀었다.

"여기 두 곳에 서명해 주시면 됩니다."

"…그럽시다."

미하엘이 서명을 끝내고 수속이 마무리되자, 원무과 직원이 진료비를 요구했다.

"15만 원이요."

"뭐요?"

"대리 수속이라도 응급실 초진 진료비를 내야 합니다. 보통은 선 지급하고 환자에게 받으니 나중에 환자에게 받으시면 되겠네요."

"거참, 죽어가는 사람 살려놓았더니 보따리를 내어놓으라는 격이네."

"죄송합니다. 절차상 어쩔 수가 없어요."

그는 하는 수 없이 응급실 초진 진료비까지 계산할 수밖에 없었다.

그런데 바로 그때, 저 멀리서 응급실 간호사가 달려왔다.

"선생님, 환자가 깨어났대요."

"…일찍도 말씀하시네요. 돈을 치르기 전에 말씀하시지."

"아무튼 대리 수속을 해주셨으니 상태 확인과 그에 대한 서명만 좀 해주세요."

슬슬 짜증이 밀려오는 미하엘이었지만 가까스로 화를 눌러 참았다.

"갑시다."

"이쪽으로 오세요."

그는 터덜터덜 걸어서 병실로 향했다.

제8장
추격전

다음 날, 미하엘의 곁에 기억을 잃은 그녀가 서 있다.

여성스러움의 극치라고 해야 할 그녀의 다소곳한 자태에 미하엘은 잠시 할 말을 잃었다.

"······."

"왜 그러세요?"

"험험, 아닙니다."

미하엘은 그녀가 병원비 지불이 힘들다고 하여 있는 돈 없는 돈을 다 털어서 대신 지불해 주었다.

그녀는 자신이 기억을 되찾게 되면 갚겠으니 걱정하지 말라고 했지만 미하엘로선 돈을 받기는 글렀다고 생각했다.

'사람 살리는 것도 좋지만 이제 정말 남은 돈이 얼마 없는데……'

무기도 부서지고 비행기값도 다 써버렸으니 그에겐 남은 것이 하나도 없었다.

그나마 화산파에 연락하면 비행기 삯이라도 줄 테지만 지금 그녀를 버리고 떠나기엔 무리가 있었다.

그녀는 자신에 대한 기억이 아예 전무한 상태였다.

만약 미하엘이 그녀를 버리고 떠난다면 그녀는 홀로 거리로 내몰리게 될 것이 분명했다.

미하엘이 그녀에게 이름을 물었다.

"이름이 어떻게 됩니까?"

"글쎄요. 기억나는 것이 전혀 없어서 뭐라 말씀드리기가 힘드네요."

"그럼 나이는요?"

"그것도 정확히 알 수가 없어요."

"거참……"

미하엘은 그녀의 외모가 바비 인형처럼 생겼다고 생각하여 말했다.

"이제부터 바비라고 부를게요."

"바비요?"

"바비 인형 몰라요?"

"…글쎄요."

"하긴, 자기 이름도 모르는데 바비 인형인들 알겠어?"

한참 길거리를 걷고 있는데 장난감 가게 하나가 보였다.

"그래, 저기 보이네. 쇼윈도에 걸린 여자 인형 보이죠? 금발 인형."

"네, 보여요."

"어때요? 닮았어요?"

"머리가 금발인 것은 닮았네요. 하지만 인형이 훨씬 더 아름다운데요? 현실감이 없다고나 할까?"

"당신이 저렇게 생겼어요. 알아두세요."

"그런가요?"

"그래요."

이제 그는 과연 바비를 어떻게 해야 할지 고민이다.

"그나저나 막막하네. 나는 이제 독일로 돌아가야 하는데 당신은 어쩌죠?"

"독일이요?"

"이곳은 한국입니다. 나는 독일에서 왔고요. 이곳에서 유럽은 꽤 거리가 멀어요. 비행기값만 해도 엄청나죠."

"그렇군요."

"독일에 다녀온 이후엔 중국으로 가야 하는데, 그곳에 들어가면 언제 또 나올지 아무도 몰라요. 워낙 도교에 대한 교리가 깊은 곳이라서 말입니다."

"그럼 떠나세요. 짐이 되고 싶진 않네요."

그는 씁쓸하게 웃었다.

"생각 같아선 그러고 싶죠. 하지만 내가 떠나면 당신은? 그냥 길거리에서 발가락이나 빨면서 살게요?"

"언젠가는 기억이 돌아오겠죠. 의사도 머리에는 별 이상이 없다고 했어요. 당시에 심각했던 것은 복부의 출혈 때문이었다고 했어요. 지금은 응급수술로 인해 깔끔하게 나았고요."

미하엘은 고개를 가로저었다.

"말은 참 쉽지."

"진짠데. 그냥 갈 길 가셔도 나는 괜찮아요."

그는 한숨을 푹 내쉬며 걸었다.

"어휴, 내 팔자야."

"…정말 가셔도 괜찮아요."

바비는 마치 강아지처럼 미하엘의 뒤를 졸졸 쫓아다녔다.

*　　　　*　　　　*

그날 밤, 미하엘은 그녀와 밖에서 잘 수가 없어서 여인숙을 찾았다.

하루 숙박료가 만 오천 원인 것을 감안하면 지금 당장 그에게 이보다 더 좋은 숙박 시설은 없었다.

그런데 여인숙의 시설이 그다지 좋지 않고 방과 방 사이의 방음도 전혀 되지 않았다.

삐걱, 삐걱!

남녀의 정사 현장이 생중계되는 것처럼 소리가 낱낱이 들려오는 바람에 도무지 얼굴을 들 수가 없었다.

미하엘은 연신 헛기침을 해댄다.

"험험! 거참, 하려면 조용히 좀 할 것이지."

"뭘요?"

"있어요. 기억을 되찾으면 자연스럽게 이해하게 될 겁니다."

그녀는 슬그머니 고개를 끄덕였다.

"으음, 지금 이 소리와 가장 비슷한 것이 떠올랐어요. 밤일이죠?"

"쿨럭!"

미하엘은 거침없는 그녀의 말에 어색하게 웃었다.

"아, 아하하, 머리가 참 좋네요."

"그런 소리를 가끔 들은 것 같기도 해요."

옆방에서의 거사가 끝날 때쯤 미하엘이 그녀에게 물었다.

"그나저나 정말 기억나는 것이 하나도 없어요?"

"쉽게 기억이 나질 않네요. 아예 머리가 하얗게 비어 있는 것 같은 느낌이에요."

"기억을 잃기 전에 뭘 하던 사람이었는지도 모르겠고요?"

"몰라요."

"그렇군요."

미하엘은 일단 침대에 드러누웠다.

"에라, 모르겠다. 일단 누워서 잠이나 잡시다."

그녀는 대자로 뻗은 그의 곁에 같은 자세로 누웠다.

"이렇게 뻗어 자면 잠이 잘 와요?"

"저는 원래 이렇게 자요. 당신은 어떻게 잤는지 나는 모르죠."

"그것조차 기억이 나지 않네요. 인간이라면 분명 잠은 자고 살았을 텐데."

"어쩐지 서글프네. 잠자는 것도 기억이 나질 않는다니."

"뭐, 그래도 살아 있다는 것 자체는 바뀌지 않으니까요."

긍정적인 그녀의 정신이 아주 매력 있다고 생각하는 미하엘이다.

"기억이 없다는 것에 절망하지 않는 것이 아주 좋군요."

"그런가요?"

미하엘은 그녀의 눈동자를 바라보며 물었다.

"기억을 잃으면 느낌이 어때요?"

그녀는 가만히 천장을 응시했다.

"……."

"……?"

마치 초점을 잃은 장님처럼 천장만 뚫어져라 쳐다보던 그녀가 드디어 입을 열었다.

"몰라요. 그 느낌을 어떻게 표현할지 모르겠어요. 어쩌면 그런 표현조차 잊었는지도 모르죠."

"그런가요? 그런데 그렇게까지 기억을 잃으면 그건 치매 아닌가요?"

"…아니요. 그건 아닌 것 같아요."

미하엘은 어쩐지 특이하면서도 귀엽기까지 한 러시아 미녀 바비에게 마음이 동했다.

휘이잉!

살짝 열린 창문으로 바람이 들어와 미하엘의 코에 그녀의 향수가 닿도록 도와주었다.

그는 자신의 코를 간질이는 바비의 향기에 자신도 모르게 몸을 움찔거렸다.

"험험!"

미하엘은 잘못하면 이성을 잃을 것 같아서 일단 헛기침으로 위기를 모면해 보려 했다.

그녀는 미하엘이 갑자기 안절부절못하는 것 같아 보이자 그의 얼굴을 자세히 들여다보았다.

"어디 아파요? 왜 자꾸 몸을……."

"삭신이 좀 쑤시네요."

"그 나이에요?"

"그러게요."

만약 본능이 시키는 대로 했다면 몇 번이고 짐승처럼 변할 수 있겠지만 미하엘은 여자를 억지로 취하는 변태는 아니었다.

그는 재빨리 화제를 전환시켰다.

"혹시 술 좋아해요?"

"뭘 좋아하냐고요?"

"술이요."

술 이야기로 시선을 돌리려던 미하엘의 작전이 실패했다.

"몰라요. 기억이 안 나니 모르겠네요."

"아아, 그렇군요."

단 한 방에 말문이 막혀 버린 미하엘은 괜히 머쓱해서 뒤통수를 긁적거렸다.

"…밥이나 먹으러 갈래요?"

"먹는 것이라면 좋죠."

"그럼 일어납시다."

두 사람이 자리에서 일어서려는 바로 그때였다.

쿠그그극!

벽장 너머로 뭔가 뚫고 들어오는 소리가 들렸다.

"드릴?"

"드릴이라니요? 무슨 소리예요?"

"누군가 벽을 뚫고 있는 것 같은데요?"

멀쩡한 벽을 뚫다니, 쉽사리 이해가 가지 않는 상황이다.

하지만 그 생각이 채 다 여물기도 전에 말도 안 되는 일이 벌어졌다.

쨍그랑!

여인숙의 문이 깨지면서 한 무리의 괴한들이 쏟아져 들어왔다.

미하엘은 순간적인 기지로 그녀를 방어하였다.

"피해요!"

"아앗!"

유리창 파편에서 간신히 벗어나긴 했지만 괴한들의 총구가 문제였다.

철컥!

"저년을 잡아라!"

"예!"

미하엘은 주변에 있는 물건 중에서 괴한들의 총알을 막아 낼 수 있을 만한 것을 찾았다.

때마침 그의 곁에 있는 교자상이 보인다.

"이쪽으로 붙어요!"

그녀를 끌어안은 미하엘은 교자상을 엎고 총알을 받아냈다.

탕탕탕!

총알을 막아내긴 했지만 미하엘은 놀라운 광경과 마주하게 되었다.

리볼버 형식의 권총이 쏘아낸 탄환이 폭발하는 발광체를 머금고 있는 것이다.

쿠와아아앙!

저런 소구경탄이 폭발하는 탄환을 쏘아낸다는 것은 상식적으로 불가능한 일이다.

미하엘은 총탄에서 흘러나오는 불길을 내가진기로 막아내며 뒤로 한 발자국 물러섰다.

끼이잉!

마치 염력처럼 불꽃이 멈추는 듯한 착각이 들면서 탄환의 폭발이 옆으로 흩어져 갔다.

괴한들이 적지 않게 놀란 눈으로 미하엘을 바라보았다.

"뭐야? 저놈의 내가진기가 거의 화경의 고수 수준이잖아? 저런 괴물이 왜 여기에 있는 거지?"

"보아하니 내공은 깊어도 외공을 운용하는 능력이 모자라 실력이 저평가된 것 같습니다. 아마 체계적인 훈련을 받으면 꽤 깊은 경지의 무공 실력을 뿜어내겠지요."

"으음, 숨겨진 보석이로군. 여기서 죽이기긴 아까운 인재지만 우리가 품을 수 없다면 소용이 없다."

괴한들은 또다시 총탄을 장전했다.

촤르르르륵, 철컥!

리볼버 권총은 자동 권총과 달리 총탄을 교체하는 데 꽤 많은 시간이 걸리기 때문에 빠른 재장전은 불가능하다.

그러나 괴한들이 재장전하는 데 걸리는 시간이 불과 0.1초 남짓이었다.

미하엘은 경악에 가까운 표정을 지었다.

"…괴물은 그쪽인 것 같은데? 이 세상에 리볼버를 그리 빨리 장전할 수 있는 사람이 어디 있어?"

"어디 있긴, 여기 있지."

이윽고 그들은 다시 한 번 권총의 방아쇠를 당겼다.

타앙!

미하엘은 그들이 권총을 당길 때 은은한 푸른색 내가진기가 출수되는 것을 보았다.

"권총으로 무공을? 말로만 들었지 실제로 저런 무공을 사용하는 사람은 처음이로군."

"안타깝군. 우물 안 개구리가 진짜 무공을 보자마자 사망하다니 말이야."

지금 저들이 조금 오만한 태도를 보이는 것은 사실이었으나 미하엘이 이 자리에서 죽을 수 있는 확률 역시 생각보다 높아 보였다.

그는 더 이상 싸우는 것은 무리가 있다고 판단하였다.

"바비, 내가 셋을 세면 제 품으로 힘껏 파고드는 겁니다."

"파고들어요?"

"안기는 거예요. 전력을 다해서."

"알겠어요."

미하엘이 셋을 셌다.

"하나, 둘, 셋!"

그녀는 전력을 다해 미하엘의 허리에 손을 감았다.

젖 먹던 힘까지 쥐어짜내 허리를 감은 그녀의 뒤로 은백색 광채가 불을 뿜어내기 시작했다.

우우우우웅!

차마 마주 보기 힘들 정도로 밝은 그 빛은 괴한들의 눈을 돌리게 하기에 충분했다.

끼이이이잉!

"허엇?!"

기습적인 광채의 등장에 괴한들이 당황하여 약간의 빈틈이 생겼다.

미하엘은 깨진 유리창으로 보법을 밟았다.

파바바밧!

그의 보법은 명문정파의 보법처럼 세련되고 섬세하지는 않았지만 생존을 위해 도망치는 동작이라면 더할 나위 없이 훌륭했다.

찰나의 순간에 사라진 미하엘을 따라 괴한들이 뒤늦게 속력을 냈다.

"잡아!"

"거기 서라!"

쿠웅!

괴한들의 보법은 일반적인 초상비나 허공답보와는 다르게 바닥을 힘차게 굴러 추진력을 낸 후 그 탄성을 이용하여 적을 추격하는 방식이었다.

이들이 사용하는 보법 역시 정파, 혹은 여느 재야고수들과는 거리가 멀어 보였다.

독특한 보법을 펼치는 그들이 여인숙을 뚫고 나오자 수많은 사람들의 이목이 집중되었다.

"로켓?"

"아니야. 한 명은 무슨 목도리도마뱀 같은데?"

진기를 좌우로 퍼뜨려 추진력을 내는 미하엘의 보법은 목도리도마뱀의 보법을 닮아 있어 다소 우스꽝스러운 면이 있었다.

그렇지만 그 엄청난 스피드는 제아무리 경공의 고수라고 해도 쉽게 따라할 수 있는 수준이 아니었다.

괴한들의 경공 역시 훌륭했으나 미하엘을 따라가기엔 무리가 있었다.

잠시 후, 하늘을 날던 미하엘이 자신의 발아래로 보이는 맨홀 뚜껑을 주먹으로 힘껏 내려쳤다.

"눈을 감아요!"

"으윽!"

눈을 질끈 감은 그녀의 주변으로 아스팔트 파편과 오물 찌꺼기가 튀어 올랐다.

콰아앙!

지독한 악취가 풍기는 하수구 안으로 미하엘이 신형을 꾹꾹 눌러댔다.

"들어갑니다!"

"서, 설마하니 이곳으로요?!"

"살고 싶다면 자잘한 것은 신경 쓰지 말아요!"

골프공이 홀인원 하는 것처럼 순식간에 땅으로 쑥 꺼져 버린 미하엘을 바라보며 괴한들이 입을 떡 벌렸다.

"살기 위해선 정말 물불을 가리지 않는군."

"거의 생존 전문가 수준인데요?"

잠시 걸음을 멈춘 괴한들은 잠시 회의를 했다.

"잘못 들어가면 더러운 곳에서 죽는다. 저놈의 내가진기라면 충분히 그럴 가능성이 있어."

"하지만 지금 놓치면 잡기 힘듭니다."

"죽으면 사람을 잡는 것 자체가 불가능해진다."

괴한들은 방향을 틀었다.

"하수구를 따라서 추격한다."

"예!"

순식간에 흩어진 괴한들은 땅만 보며 무작정 내달리기 시작한다.

*　　　*　　　*

미군 제8함대 소속 핵잠수함 아이언로드호의 비공식 잠수함 기지로 태하와 화산의 고수들이 잠입했다.

이베리아 반도에 위치한 이곳은 탄도미사일의 전술적 배치를 비공식화하기 위해서 만들어진 비밀 기지로서 그 역할이 중요한 곳이다.

반도의 끝자락 바위 지대에 숨겨진 아이언로드 잠수함 기지는 미국의 치부라고 할 수 있었다.

급변하는 세계정세에 맞춰서 비공식 타격을 지향하는 일종의 꼼수가 고스란히 드러난 것이다.

미국은 자신들의 치부를 과감히 드러내면서까지 작전에 목숨을 건 것이다.

태하는 장치순에게 이곳이 갖는 의의에 대해 물었다.

"미국의 비공식 타격 시스템 노출이라니, 드디어 초일류 강대국의 허울을 벗어던지려는 것일까요?"

"아마 이것으로 미국의 신뢰도가 높아질 테니 그들로선 전혀 손해 보는 장사는 아닐 걸세. 그러니 치부를 드러낸다고 해도 미국이 망설일 필요는 없는 것이지."

"으음, 그건 그렇군요."

무림연맹이 갖는 의의가 거의 절대적인 만큼 미국은 무인들 앞에 아예 한 수 접고 들어가기로 마음먹은 것이다.

잘못해서 세계 3차대전이 일어나게 되면 앞으로 미국의 에너지 산업에도 지대한 영향을 미칠 수 있기 때문이다.

태하는 미군에게서 받은 지도를 펼쳐 보았다.

아이언로드 잠수함 기지에는 총 12발의 탄도미사일을 적재할 수 있는 격납고와 잠수함 선원들의 무장 상태를 증강시킬 수 있는 무기고가 위치해 있었다.

만약 이곳을 작정하고 사수하고자 마음먹는다면 일반적인 보병들로선 쉽사리 끝을 보기 힘들 정도로 그 무장력이 대단하였다.

"적재량이 거의 사단급에 이른다고 나와 있습니다. 만약 전쟁이 발발했을 시엔 이곳의 중요도가 상당히 높겠군요."

"비장의 무기를 공개할 정도로 다급했던 것이지. 미국도 드디어 발등에 불이 떨어진 거야."

만약 무인들의 존재를 생각하지 않고 이와 같은 비밀 기지들이 제 기능을 발휘한다고 가정한다면 나라 하나를 초토화시키는 것은 일도 아니었다.

이 중에는 소형 핵탄두를 장착한 미사일이 거의 대부분이었기 때문에 함대 기지 하나쯤은 쥐도 새도 모르게 없어질 수 있었다.

태하는 지도에 나온 두 개의 입구 중에서 출입로를 돌격 루트로 추천했다.

"잠수함이 오가는 길목에는 아마도 경계가 더욱 삼엄할 것입니다. 차라리 뒤를 치는 것이 어떠신지요?"

"내 생각도 그러네. 기왕지사 치는 것이라면 조금이라도 더 전술적으로 다가가는 것이 좋겠지."

지금 이곳에 있는 괴한들의 전투력이 어떤지 가늠할 수 없는 상황에서의 정면 돌파는 다소 무리가 있는 선택이다.

화산파는 최소한의 피해로 최대한의 효율을 내기 위하여 속전속결보다는 은밀함을 택한 것이다.

태하는 고유 채널 광대역 무전기로 무림연맹의 다른 문파에 작전 시작을 알렸다.

"제1조, 작전에 돌입합니다."

―알겠습니다. 건투를 빕니다.

그는 금강석으로 이뤄진 검을 뽑아 들었다.

챙!

"자, 그럼 시작해 볼까요?"

태하를 선두로 화산파의 고수들이 줄을 지어 돌입하기 시작했다.

그들은 제1 격납고를 시작으로 이곳에 머무는 괴한들을 모조리 사살하는 것이 1차 목표였다.

하지만 후미를 친다고 해서 적들이 아예 무감각한 상태는 아니었다.

"적이다!"

"쳐라!"

아마 무림인들의 돌입에 대비하고 있던 모양인지 한 무리의 괴한들이 미리 대기하고 있었다.

선두에 선 태하가 검에 진기를 불어넣었다.

"제가 먼저 갑니다!"

"마음껏 노시게!"

스스스스!

청룡구결 일파용격의 뇌전이 눈앞을 가렸다.

촤라라라락!

단 일 검이 출수시킨 용의 크기는 직경 5미터에 길이는 무려 100미터에 달했다.

화산파의 고수들은 태하의 압도적인 무위에 넋을 잃었다

"마, 말도 안 되는 일이다!"

"정말이지, 혼자 보기 아까운 광경이로군. 절경, 이게 바로 절경 아니겠나?!"

태하가 출수시킨 내가진기가 괴한들을 무참히 물어뜯기 시작했다.

크르르르르릉!

푸하아아아악!

진기의 용은 마치 살아 있는 생명처럼 자신의 눈에 보이는 적들만 골라서 물어뜯고 할퀴면서 다녔다.

촤락!

괴한들이 경악에 찬 비명을 질렀다.

"요, 용이다! 세상에, 용이 실제로 존재하다니!"

"젠장! 후퇴다! 작전상 후퇴다!"

조가괴협이라는 이름으로 무림 세계를 평정한 그의 절학이 꽃을 피워 이제는 만개하였다.

만약 검으로 신선이 될 수 있다면 아마도 태하는 인간으로선 최초로 선계에 올랐을지도 모른다.

"검선, 그래, 검선이다. 저 인물에겐 왕, 황제 등 모든 수식어가 필요 없다. 검을 휘두르는 신선, 그는 살아 있는 신선이야."

태하의 무위에 감명받은 화산파의 장로들은 검을 출수하는 동안에도 엄청난 영감을 받았다.

장치순은 태하를 보고 즉석에서 검을 만들어냈다.

챙!

"부드러움은 강함을 압도한다!"

그는 마치 매화의 꽃잎이 바람을 타고 넘실거리듯 부드럽고 섬세하게 검을 유영시켰다.

그러나 그 검 속에는 정확하고 탄탄한 강단이 서 있어 검에 닿는 족족 비명횡사할 수밖에 없었다.

스르르르룽, 퍼억!

"크허억!"

장치순의 일검에 무려 30개의 목이 하늘 높이 치솟아 올랐다.

푸하아아아악!

"대사형, 즉석에서 검을 만들어내다니 역시 대단하십니다!"

"검선의 철학을 구경하고 나니 나 역시 저절로 검상이 떠오르더군. 원래 막강한 힘에서 뿜어져 나오는 매력이 사람을 자극하는 법이지. 나 역시 그 강함에 매료되어 새로운 검을 만들어낸 것이고."

장치순이 새로운 초식을 만들어내자마자 주변에 있던 장로들 역시 새로운 검을 뽑아내기 바빴다.

"질 수 없지!"

마치 그림자처럼 길게 신형을 뻗어 적진 한가운데로 흘러나간 장치순이 마치 신들린 무당처럼 극의 쾌검을 구사하기 시작했다.

붕붕붕!

워낙에 손이 빨라 그가 움직이는 곳곳마다 잔상이 남아서 그림자에 닿자마자 사람이 죽는 듯한 착각이 들었다.

만약 검을 모르는 사람이 본다면 요상한 술법을 부려 사람을 죽인다고 비난할 정도로 대단한 쾌검이었다.

그 모습을 지켜보던 장필순이 자신의 평생의 절기를 꺼내 들었다.

"이제 드디어 빛을 보는 검이 있습니다. 제가 사형들께 그 검을 꺼내놓겠습니다. 미천하나마 눈이 즐거우셨으면 좋겠습니다."

"역시 막내는 사형들의 볼거리까지 걱정하는구나."

그는 검을 뽑아 들자마자 잔잔한 연분홍빛 안개구름을 만들어냈다.

스스스스!

마치 매화빛 구름이 피어나듯 잔잔한 연무의 향연이 펼쳐졌다. 그리고 그 구름을 밟은 장필순이 하늘을 날기 시작한다.

우우웅!

구름을 타고 운신하는 그의 검에서 새로운 초식들이 쏟아져 내렸다.

"폭우매화!"

피비비비비빙!

폭우가 내리치듯 하늘에서 연분홍색 진기의 화살이 주룩주룩 내리기 시작했다.

그 화살에 맞은 적은 단 일격에 목숨을 잃고 말았다.

픽!

"크허어억!"

"제기랄! 저놈은 사람이 아니다!"

장필순은 자신의 발밑에 잔잔하게 깔려 있는 구름 조각을 작게 떼어낸 후 등을 보인 적들을 응징하기 위해 검을 뻗었다.

"천벌을 받아라!"

콰앙!

분홍색 낙뢰가 떨어져 내려 반경 30미터 안에 있는 생명체가 모두 초토화되었다.

그 모습을 바라보는 화산파 장로들의 입이 떡 벌어졌다.

"우리 중에서 가장 뛰어난 자질을 가진 자가 바로 저기 있었구나!"

"이보게들, 아무래도 내가 장문의 자리를 내어놓고 막내를 위로 끌어올리는 것이 낫겠어."

피 한 방울 묻히지 않고 적을 무참히 베어내는 그의 능력은 가히 새로운 장문을 종용하게 만들 정도로 빼어났다.

태하는 검 하나로 단합하는 그들의 모습에서 감명받았다.

"우애까지 돈독하게 만드는 검이라… 역시 장로님들은 뭐가 달라도 다르십니다."

"아닐세. 이 모든 것이 자네 덕 아니겠나? 자네가 우리를 다시 이어주지 않았다면 이런 소소한 행복이 허락될 리가 있겠나?"

한창 적을 추격하던 태하와 장로들의 앞에 역으로 돌격해 오는 무리가 보였다.

슈가가가가각!

그런데 그 파상 공세가 상상을 초월했다.

장치순은 자신의 어깨를 스치고 지나가는 적의 내가진기를 보곤 화들짝 놀라 걸음을 멈추었다.

"헛!"

까앙!

간신히 진기를 쳐내긴 했지만 그의 손끝부터 허리까지 상반신 전역에 엄청난 진동이 남아 있다.

이는 비단 장치순에게만 국한된 것이 아니고 저들의 검을 받아낸 모든 장로가 느끼는 것이었다.

하지만 이런 검기를 받아낼 능력이 안 되는 이들은 그 자리에서 비명횡사할 수밖에 없었다.

촤라라락!

"끄허억!"

"…저놈들 정체가 도대체 뭐야?!"

"화경, 아니지. 현경에 이른 것 같습니다!"

"제기랄! 저놈들의 능력이 우리 사형제들과 비슷하거나 조금 높다는 소리 아닌가?!"

태하는 그들의 검을 바라보며 뭔가 이질감 같은 것을 느꼈다.

순간, 그의 머리를 스치는 것이 하나 있었다.

"반쪽짜리 고수!"

"반쪽짜리 고수라니?"

"일전에 말씀드리지 않았습니까? 무림에 평지풍파를 일으킨 고수들은 전부 가짜 내단을 섭취하여 힘을 얻었다고 말입니다."

"아아!"

"아무래도 저놈들은 그런 반쪽짜리 고수들인 것 같습니다."

"허어! 아무리 그렇다고 해도 저렇게 많은 고수를 양성하기는 힘들지 않겠나?"

"지금까지 그 끝을 가늠조차 할 수 없을 정도로 깊은 뿌리를 박고 있는 청야성입니다. 그들이 코어 관련 테크놀로지에 혈안이 되었던 것도 전부 그런 맥락일 테지요."

"그럼 저 모든 것을 코어로 이뤄냈다는 건가?"

"영약을 구하는 데는 반드시 제약이 걸립니다. 희귀한 만큼 구하기가 힘들기 때문이지요. 하지만 저들의 숫자가 우리가 눈으로 헤아리기도 힘들 정도로 많습니다. 그렇다는 것은 코어를 어떤 방식으로 사용하였든 간에 고수들을 대량생산하는 데 성공하였다는 뜻이겠지요."

태하가 한참 자신의 생각을 피력하고 있는데 전방에서 녹색 물결이 넘실거리며 다가오고 있다.

우우우웅!

순간, 태하와 장로들은 위험을 감지하곤 하늘 높이 뛰어올랐다.

하지만 때맞춰 피하지 못한 사람들은 녹색 물결에 휩쓸려 그 자리에서 고통스럽게 죽어갔다.

"우웨에에에엑!"

"쿨럭쿨럭!"

내장이 녹아 흘러내리거나 피가 역류하여 죽는다든지 사람이 겪을 수 있는 최악의 고통를 선사하였다.

태하는 녹색 파도를 만들어낸 원흉을 발견하였다.

"후후, 추리가 아주 나쁘지는 않군."

"당희윤!"

"우리 당문은 무너지지 않는다. 너희들을 모두 도륙내고 지하 무림을 평정하기까진 절대로 물러나지 않을 것이다."

"지독한 년이로군. 그때 죽이지 못한 것이 한이로고!"

지금 그녀는 푸른색 장치를 가슴에 매달고 있었는데 그것이 힘의 원천인 것 같았다.

태하는 그녀의 가슴을 가리키며 말했다.

"저것이 바로 힘을 빌려주는 기계인 것 같습니다."

"색이 푸른 것을 보니 최상급 코어를 아주 정밀하게 가공한 것 같군. 쉽지 않은 과정이야. 에너지를 뿜어내는 코어를 가공하는 것도 힘든데 저 정도의 농도를 낼 수 있는 발전은 거의 불가능하다고 봐야지."

"큰일이군요. 저런 괴물이 탄생하다니……."

장로들은 마음을 고쳐먹었다.

"검이나 만들 때가 아니군. 자네, 힘을 좀 써주셔야겠네."

"물론입니다."

태하와 일행은 새로운 괴물을 맞이했다.

외전

도쿄의 외곽에서 살인사건이 발생하였다.

하라주쿠에서 발생한 이 살인사건의 피해자는 개방의 제자로서 늦은 밤까지 거리에서 공병을 줍다가 변을 당한 것으로 밝혀졌다.

개방은 엄청난 숫자의 던전을 보유하고 있으나 집단의 특성상 사치와 향락에 돈을 쓸 수가 없고 그나마 모인 돈도 불우이웃을 돕는 데 대거 사용되곤 했다.

이번에 변을 당한 피해자 역시 자신이 던전에서 벌어들인 수익금을 고스란히 사회복지재단에 기부하고 스스로의 생활은 공병과 폐지를 주우면서 연명하고 있었다.

사회적으로도 아주 명망이 높은 개방의 제자들이기 때문에 이번 사건은 일본 경찰로선 상당히 조심스러운 범례가 될 전망이다.

경시청 소속 아케치 경감은 이곳 사건을 총괄하면서 최대한 언론과의 접촉을 피하고 있는 상태였다.

행여나 언론이 냄새를 맡고 돌발 행동이라도 하는 날엔 개방과 관련된 문파들이 전부 이해관계의 폭발을 일으킬 수도 있기 때문이다.

더군다나 개방이라는 집단은 꽤 많은 적을 지척에 두고 있기 때문에 잘못하면 지하 세계의 전쟁이 발발할 수도 있었다.

아케치 경감은 난색을 표하였다.

"난감하군. 사회적으로도 명망이 높던 사람인지라 잘못하면 일이 커지겠어."

"반장님, 하지만 이건 엄연히 무인들 간의 싸움 아닙니까? 지하 세계에서의 유혈 사태는 치외법권이라서 우리와는 큰 상관이 없을 텐데요. 그냥 이쯤에서 마무리해 버리시지요."

그는 고개를 가로저었다.

"말도 안 되는 소리. 그가 얼마나 열심히 살았으면 사회복지재단은 물론이고 각 지역사회의 고아원에서도 원인 규명과 사태 해결을 촉구하고 있어. 우리가 흔히 사회의 약자라고 부르는 그들이 위험을 감수하고 우리에게 들이대고 있단 말이야."

"참, 난감하게 되었군요."

"개방의 모든 제자가 그렇게 덕망이 높은 것은 아니지만 그래도 서민들에게 있어선 개방이 영웅과도 같은 존재들 아닌가? 일본뿐만 아니라 한국과 중국에서도 덕을 많이 쌓았고 말이야."

강력반 형사들과 함께 현장을 살피고 있던 켄코로 아케치에게 교통과의 인원들이 다가왔다.

척!

"고생 많으십니다!"

"어라? 자네들이 어쩐 일이신가?"

"교통과 CCTV 카메라에 용의자로 보이는 사람들이 찍혔습니다. 그래서 그에 대해 말씀드리기 위해서 찾아온 겁니다."

"용의자?"

"아주 극적인 상황이긴 합니다만 흐릿하게 찍혔습니다. 한번 보시겠습니까?"

"그래, 어서……."

교통과의 인원은 현장에 마련된 임시 막사에 설치되어 있는 VTR에 녹화된 테이프를 집어넣었다.

위잉, 철컹.

비디오 헤드가 테이프를 잡고 영상을 출력하자 사건 당일의 영상이 화면에 보이기 시작했다.

"사건이 발생한 지역에는 아주 우연치 않게도 경찰에서 설치한 도로 장비 파손 방지용 카메라가 설치되어 있었습니다. 이곳에 설치된 도로 장비는 반경 5㎞ 내의 모든 구역에 전기를 보내는 설비입니다. 때문에 도쿄도에선 경시청으로 하여금 이곳을 감시할 수 있도록 한 것이지요."

"우연치곤 아주 운이 좋았군그래."

"하늘이 도운 겁니다. 이곳의 CCTV에 대해서 아는 사람은 얼마 없습니다. 심지어 도로교통과에서도 이 CCTV의 위치를 아는 사람이 드물 정도지요."

"그러니까 아는 사람이 드문 CCTV이기 때문에 이곳에서 대놓고 살인사건을 벌였어도 이상할 것이 없다는 소리군."

"만약 홧김에 사건이 일어났다면 더더욱 상상하지 못했을 겁니다. 그들이 CCTV의 위치를 알았더라면 적어도 시신을 그곳에 버리고 가는 일은 없었겠지요."

"불행 중 다행이라고 해야 하나?"

"아무튼 주변이 어두워서 살해 당시의 모습은 보이지 않습니다만, 옷에 피를 묻힌 채 돌아서는 남자들이 화면에 찍혔습니다."

교통과 고로 와타나베 경위는 화면을 앞으로 조금 돌려서 사건이 벌어진 직후에서 재생 버튼을 눌렀다.

그러자 놀랍게도 교통 설비가 되어 있는 난간을 밟고 고가 도로 위로 뛰어올라 가는 열 명의 사내가 보인다.

켄고로는 화면에 선명하게 찍힌 얼굴들을 확인하였다.

"이곳이 도주하기엔 가장 좋은 곳이지만 장비를 보관하는 곳이라 조명이 꽤 밝았군. 그들은 CCTV의 유무를 몰랐고 말이야."

"운이 없던 겁니다. 주변이 다 어둡고 딱 이곳만 밝았는데 하필이면 이곳에 얼굴을 들이대 찍힌 것이지요."

켄고로는 해당 화면에 나온 용의자들에 대한 수색을 시작하기로 했다.

"일반인이었다면 수사에 어려움을 겪겠지만 이들은 분명 무인들이다. 특별한 무기도 없이 개방의 제자를 죽일 수 있는 사람은 그리 많지 않아."

"반장님, 각 문파에 사진을 보내고 용의자가 있는지 물어볼까요?"

"아니야. 직접 가는 편이 나아. 잘못하면 그들이 용의자들을 숨겨줄 수도 있잖아?"

"그럴 가능성도 있겠군요."

"아무튼 이번 사건의 용의자를 발견했으니 절반은 해결된 셈이다. 하지만 그와 반대로 이제 막 사건이 시작된 것이나 마찬가지야. 다들 정신 바짝 차릴 수 있도록."

"예, 알겠습니다!"

경시청 소속 강력 1팀이 본격적으로 움직이기 시작했다.

*   *   *

이른 아침, 명화장원에서의 군무가 시작되었다.

명화방주 천태홍을 필두로 장로들과 제자들이 명화방의 건곤심법을 운공하는 중이다.

"후-우!"

깊은 호흡을 따라서 전개되는 건곤심법은 천마신공의 근간이 되며 명화방의 절기인 건곤일식과 어우러져 수행된다.

물 흐르듯 부드러우면서도 묵직한 건곤일식 특유의 선이 한 폭의 명화를 감상하는 듯한 느낌을 준다.

명화는 장원 구석에서 아침에 쓸 나무를 준비하는 중이다.

뚝딱, 뚝딱!

처음 명화가 이곳에 와서 아침마다 나무를 했을 때 장로들은 수행에 방해가 된다며 나무라기 일쑤였다.

그렇지만 벌써 2년 동안 이곳에서 같은 자세로 나무를 준비하는 그에게 상당한 호감을 보이기 시작했다.

이제는 아침마다 나무하는 소리가 안 들리면 명상이 안 될 정도였다.

같은 자리에서 같은 자세로 흐트러짐 없이 나무를 하던 명화의 도끼질이 끝날 때쯤 연공 수련도 끝이 보인다.

퍼억!

도끼로 마지막 장작을 패고 있을 무렵 연공의 끝을 알리는 종이 울렸다.

땡, 땡, 땡!

그제야 숨을 고른 명화방의 장로들이 천태홍에게 절을 올렸다.

"가르침, 감사합니다!"

"이제는 아침을 먹고 각자의 수련에 매진하기 바란다."

천태홍은 일곱 명의 장로를 데리고 장원을 가로질러 명화가 장작을 패는 곳으로 향했다.

어지간하면 웃지 않는 천태홍이지만 명화를 대할 때면 은은한 미소를 짓는다.

"아침부터 고생이 많네."

"아닙니다. 먹여주고 재워주시는데 이 정도도 안 하면 그게 사람입니까?"

"하하, 무슨 머슴이나 할 소리를 하는군."

"객식구야 반은 머슴 아닙니까?"

천태홍은 명화에게 편지를 한 장 건넸다.

"받게."

"이게 뭡니까?"

"자네의 사부에게서 온 편지일세. 제자를 위해서 어제 새벽에 정성스럽게 한 자 한 자 써 내려가신 것 같더군."

"금성회에서 편지를……."

신전익이 보낸 편지는 한지를 곱게 접어 단출하게 묶은 아주 오래된 형식이었다.

명화는 오랜만에 보는 사부의 편지에 기분이 좋아졌다.

천태홍은 명화에게 오늘 아침은 자신과 함께 먹자고 제안했다.

"괜찮다면 우리와 함께 식사하는 것이 어떤가?"

"방주님과 말입니까?"

"만약 불편하다면 응하지 않아도 괜찮네."

명화는 고개를 가로저었다.

"아닙니다. 그저 어르신과 함께 겸상할 항렬이 아니라서 조금 놀랐을 뿐입니다. 불편하지는 않습니다."

"그래, 그럴 줄 알았네."

그는 명화에게 동행을 제안했다.

"그럼 함께 갈까?"

"예, 어르신."

명화는 천태홍을 따라서 명화방주의 정원으로 향했다.

*   *   *

　명화방주가 기거하는 정원에는 50마리의 구문룡이 사는 거대한 연못과 꽃사슴들이 뛰어노는 수풀이 자리 잡고 있다.

　계절이 바뀔 때마다 정취가 바뀌는 이곳은 어지간한 명승지와 견주어도 손색이 없을 정도로 수려했다.

　수더분한 듯 보이지만 그 안에 향긋한 꽃을 잔뜩 머금은 명화방주의 정원으로 들어온 천태홍은 두 사람이 간신히 들어갈 수 있을 만한 정자로 명화를 안내했다.

　"내가 원래 넓은 것을 싫어해서 정자가 좀 좁아. 이해하시게."

　"아닙니다. 식사하는 공간이 이 정도면 넓은 것이지요. 찬과 밥을 놓을 수 있는 상과 무릎을 꿇을 수 있는 공간만 있다면 충분합니다."

　"하하, 맞아. 자네는 금성회의 제자였지. 내가 깜빡했네."

　금성회의 제자들은 근검을 기본 미덕으로 생각하는 사람들이기 때문에 식사를 할 때에도 그 자세가 남달랐다.

　결코 과식하는 법이 없고 화려한 반찬과 술을 멀리하며 공양하는 공간도 상당히 협소하고 불편했다.

　정신 수양으로 인한 깨달음을 궁극의 진리로 생각하는 그들에겐 욕심이란 금물이었다.

명화 역시 그곳에서 가르침을 받고 신전익이라는 고승을 사부로 모셨기 때문에 검소함이 몸에 짙게 배어 있었던 것이다.

두 사람이 한두 마디를 나누고 나니 일본식 식단으로 이뤄진 아침이 차려져 나왔다.

전갱이 구이에 장조림, 단무지, 미소시루 한 그릇이 전부였지만 명화는 아주 감사하게 상을 받았다.

"감사합니다. 잘 먹겠습니다."

"아닐세. 자네에게 대접을 좀 해주고 싶어도 명화장원 안에선 식사가 일률적으로 만들어지니 대접할 거리가 마땅히 없군그래."

"아닙니다. 이 정도면 황송하지요. 고기에 생선, 쌀밥까지, 이 이상은 사치입니다."

"하하, 그리 생각해 주니 고맙군."

명화는 무릎을 꿇고 한차례 합장을 하여 음식에 대한 감사를 표한 후 다시 정좌를 하고 식사를 시작하였다.

절제된 젓가락질과 음식 씹는 소리 하나 들리지 않는 조용한 식사가 시작되었다.

천태홍은 점잖고 절제된 명화의 식사하는 광경을 바라보며 감탄사를 내뱉었다.

"역시 배운 사람은 다르군. 일본의 식사 문화와는 많이 다르긴 하지만 식사에서 기품이 넘쳐. 자네가 진짜 양반이로군 그래."

"과찬이십니다."

아주 천천히 곡식을 씹고 그것을 삼킬 때도 아주 조심스럽고 천천히 삼키는 것이 금성회의 식사 규칙이다.

명화는 밥을 먹다가 상대방과 말을 할 때에도 음식이 입에 있다는 것을 전혀 느끼지 못할 정도로 정갈한 예절을 보여주었다.

천태홍은 명화가 정말 무척이나 마음에 드는 눈치다.

밥을 먹는 내내 그에게 말을 거느라 바빠 식사를 할 수 없을 지경이다.

"자네의 행동에는 하나하나 의미가 담겨 있는 것 같군. 분명 그 젓가락질에도 뭔가 의미가 있겠지?"

"예, 그렇습니다. 출가하여 불가에 기인한 금성회의 기명제자들은 고기를 먹지 않습니다. 하지만 저와 같은 속가제자는 고기를 먹는 것에는 제한이 없습니다. 다만, 살생을 한 동물을 먹을 때엔 그 넋을 달래주기 위해 반드시 한 번 먹을 때 세 번씩 젓가락질을 합니다. 그게 규칙이지요."

"으음, 그렇군. 그래서 그렇게 식사를 하는 데 시간이 오래 걸리는 것이로군."

"그렇다고 볼 수 있습니다. 하지만 식사 또한 정신 수양이기 때문에 명상과 그 갈래가 같습니다. 명상을 급하게 할 수 없는 것과 같이 식사 역시 빨리 할 수가 없지요."

"그래, 그런 사연이 있었어."

만약 천태홍이 명화를 마음에 들어하지 않았다면 지금과 같은 질문이 쏟아질 일은 결코 없었을 것이다.

명화는 그가 하는 질문에 모두 친절하게 답하며 주석까지 덧붙여 주었다.

천태홍은 명화의 그런 친절함에 또 한 번 반하였다.

"자네는 참 좋은 사람이로군."

"과찬이십니다."

"그래서 말인데, 우리 문하의 제자 중 한 명과 자네를 맺어주었으면 하는데 말이야. 자네는 어떠한가?"

순간, 명화가 고개를 갸웃거렸다.

"그게 무슨 말씀이십니까? 맺어주다니요?"

"말 그대로일세. 우리 문하의 제자를 자네의 아내로 맞고 우리의 백년손님이 될 생각이 없는지 묻는 것일세."

"……!"

적지 않게 놀라는 명화를 바라보며 천태홍은 그럴 줄 알았다는 듯이 말했다.

"그래, 놀랍겠지. 명화방과 사성회가 사돈이 되다니, 지금까지 단 한 번도 전례를 찾아볼 수 없는 일이야. 수백 년 동안 우리 두 문파가 존립되어 오며 수많은 이해관계의 충돌이 있었어. 심지어 전쟁을 벌이기도 했으며, 서로의 문하를 때려죽이면서 원수관계가 되어버렸지. 하지만 이런 관계가 언제까지 이어질 수는 없는 일일세. 언젠가는 우리 두 문파가 평화와 공존을 이루면서 후대에 모범이 되어야 할 것이 아닌가?"

명화는 평화와 공존을 누구보다도 좋아하는 사람이지만 명화방과 사성회의 공존은 생각보다 쉽지 않은 일이다.

한때는 정파무림인과 정반대의 길을 걸으며 사파무림의 거두이던 명교의 후예인 명화방은 아직도 군소 사파 지하 무림인들의 추앙을 받고 있다.

일부는 명화방으로 흡수되거나 그 휘하의 부하를 자처하면서 소속을 명화방 쪽으로 굳혀 버렸다.

한마디로 명화방은 사성회와 같은 조직과는 견원지간이라는 소리다.

만약 명화가 명화방의 사위로 들어간다면 사성회와 금성회는 뒤집어지다 못해 난리가 날 것이 뻔했다.

더군다나 지금의 명화방은 일본에 근거를 두고 있는 집단으로서 일제강점기에도 일본에 그 뿌리를 두고 있었다.

한양 김씨는 그런 명화방을 일제의 그림자에 가려진 앞잡이라고 비난하였고, 그것은 중국계 독립운동가 집안인 남궁세가 역시 마찬가지였다.

사돈을 맺으면 남궁세가와 맺지 명화방과는 결코 이어질 리가 없었던 것이다.

그럼에도 불구하고 이와 같은 제안을 받았다는 것은 명화로선 쉽게 말할 수 없는 문제였다.

하지만 그런 그에게 천태홍은 아주 결정적인 얘기를 해주었다.

"사실 자네에게 못 해준 얘기가 하나 있네."

"못 한 얘기라니요?"

"자네가 이곳으로 오기 전에 신익전 선사께선 나를 찾아오셨네. 선사께선 자네를 속가제자로 거두고 지하 세계의 평화를 구축하자고 제안하셨지. 나는 자네의 됨됨이를 알지 못했으나 신익전 선사의 성품을 보고 단박에 수락하였네. 그때부터 나는 신익전 선서와 주기적으로 전서를 주고받으면서 지냈지."

"음……."

"그때 우리는 자네가 이 불가능할 것 같은 평화의 불씨가 될 것이라고 확신했네. 그리고 그 확신은 이제 서서히 믿음과 신뢰로 변해가는 중이지."

명화는 이 길이 얼마나 힘들고 고된 길일지 너무나도 잘 알고 있다.

더군다나 가족과는 연을 끊어야 할지도 모르고 사숙들에게 칼을 맞아 죽을 수도 있는 일이었다.

사성회와 명화방은 피를 수도 없이 보아온 집단이기 때문에 만약 사돈을 맺는다면 검을 뽑아 들고 모두 다 쓸어버리겠노라 날뛸지도 모를 일이다.

그렇지만 만약 명화가 사성회를 설득하고 명화방과 사성회가 사돈이 된다면 더 이상 피를 보는 일은 일어나지 않을 것이다.

어떻게든 자식을 낳아 명화방의 후기지수를 이어준다면 명화방도 더 이상 이의 제기를 하지 못할 것이고 사성회 역시 사람을 죽이는 일까지는 벌이지 못할 것이 분명했다.

천태홍은 명화에게 자신의 신념에 대해 말했다.

"나는 이 세상의 모든 사람이 행복했으면 하네. 불우이웃이나 고아같이 어려운 사람들을 굳이 끌어안는 것 역시 그런 맥락이지."

"하지만 쉬운 길은 아닙니다."

"맞아. 결코 쉬운 길은 아닐세. 난 자네에게 이 길이 쉬울 것이라고 말하지 않았네. 다만 그 결심을 하는 데 우리 명화방과 내가 조금이나마 기여할 수 있다면 영광이겠네."

명화는 가만히 그의 얘기를 듣고 있다 신중하게 한마디를 건넸다.

"그럼 그 전에 한 가지만 여쭤도 되겠습니까?"

"말씀하시게."

"어르신께서 꿈꾸시는 그 세상이 도래하지 않을 수 있습니다. 오히려 더 날카로운 피바람이 불 수도 있지요. 만약 그렇게 된다고 해도 결코 흔들리지 않고 지금의 균형과 사상을 계속 가지고 계실 수 있겠습니까?"

"나의 초심이 흔들리지 않을 것인가에 대해 묻는 것인가?"

"저 같은 무지렁이가 어찌 방주님의 초심에 대해 논하겠습니까? 하지만 무지렁이이기 때문에 이런 질문을 할 수 있는 것이겠지요. 예, 그렇습니다. 저는 방주님의 초심에 대해 묻는 겁니다."

다른 것도 아니고 천태홍의 초심에 대해 묻는 명화의 당돌함은 자칫 버릇없이 보일 수도 있었다.

하지만 김명화라는 사람이 가지고 있는 기지는 그 누구도 의심할 나위가 없었다.

그는 흔쾌히 명화의 질문에 답을 주었다.

"반드시 자네의 질문에 답을 줄 수 있도록 노력하겠네. 나의 초심은 관 뚜껑에 못이 박혀도 흔들리지 않을 것이라 확신해."

"그럼 됐습니다. 그런 어르신이라면 충분히 믿고 따를 가치가 있지요."

명화는 그에게 무릎을 꿇고 정중히 고개를 숙였다.

"이 김명화, 어르신께 감히 약속드립니다. 제가 죽는 날까지 어르신의 초심을 지키는 데 전력을 다하겠습니다."

"고맙네. 자네가 이렇게 굳게 결심을 해주니 내가 뭐라 고마움을 표시해야 할지 모르겠어."

천태홍은 혼사에 대해 조금 더 여유를 두고 논하기로 했다.

"이제 곧 대규모 수렵이 있을 걸세. 수렵이 끝나는 대로 자네의 집안과 우리 명화방이 접촉하여 날을 잡도록 하지."

"예, 알겠습니다. 그리하시지요."

두 사람은 계속해서 식사를 이어나갔다.

*　　　　*　　　　*

일주일 후, 명화방의 제1 던전인 로키산맥으로의 원정이 시작되었다.

명화방의 장로들은 물론이고 그 휘하의 기명제자들까지 대거 원정에 참가하였다.

천태홍은 7대 장로들을 모두 이끌고 로키산맥으로 떠나면서 이곳을 후기지수들에게 맡겼다.

장차 차기방주로 추대될 장수원은 자신의 사제이자 형제들인 후기지수들과 함께 떠나는 명화방주와 장로들을 배웅하였다.

"부디 몸 건강히 잘 다녀오십시오."

"그래, 혹시라도 방에 무슨 일이 생긴다면 네가 책임지고 수습해 주리라 믿는다."

"최선을 다해서 명화장원을 지키겠습니다."

천태홍은 명화에게도 몇 마디 건넸다.

"기명제자는 아니네만 그래도 명화방이 혹시 위험에 처한다면 자네가 힘을 보태줄 수 있겠나?"

"물론입니다. 미력한 힘입니다만 명화방이 위험에 처한다면 백절불굴의 의지로 싸우겠습니다."

"그래, 고맙네."

그는 돌아서면서 명화에게 넌지시 앞으로의 일에 대해 말을 흘렸다.

"저번에 못다 한 얘기는 한 달 후에 다시 하도록 하세."

"예, 어르신. 다녀오십시오."

이번 수렵은 한 달의 일정으로 치러질 예정인데, 최근 로키산맥에서 벌어진 몬스터 개체 수 폭발을 조사하고 그것을 종식시키기 위한 원정이다.

미국 정부는 현재 로키산맥에 창궐한 몬스터의 숫자를 줄이지 못하면 국가의 존립이 위태로워진다고 몇 번이고 강조하였다.

그 탓에 원래는 원정에 참여하지 않는 천태홍과 장로들까지 전부 동원된 것이다.

원정이 끝날 때쯤엔 폭발한 개체 수가 다시 원점으로 되돌아와 제1급 위험지역으로 지정된 로키산맥 전역에 내려진 입산 금지는 풀릴 것이다.

그렇게 되면 명화방은 미국 정부에게 훨씬 더 많은 사례금을 받고 명화그룹을 살찌우게 될 것이다.

이제 슬슬 명화장원의 대문이 열리며 원정대가 출발함을 알렸다.

끼이이익, 쿵!

남은 제자들이 천태홍과 장로들에게 절을 올렸다.

"부디 기체후 일향 만강하십시오, 사부님!"

척!

제자들의 절을 받은 천태홍이 가볍게 묵례하여 답하자 대문이 닫히기 시작했다.

끼이이익!

천태홍은 대문이 완전히 닫히기 전까지 뒤를 돌아보며 명화와 눈을 마주하였다.

이윽고 문이 닫혔는데 명화에겐 그 잔향이 그대로 남아 있었다.

제자들은 명화에게 앞으로의 조력을 부탁하였다.

"다른 문파의 제자에게 이런 말을 하는 것은 좀 그렇습니다만, 기왕지사 이곳에 계시는 김에 저희들과 힘을 합쳐주십시오."

"이를 말씀이십니까? 이런 저라도 괜찮다면 얼마든지 쓰십시오."

"고맙습니다. 선생께서 함께하신다니 마음이 든든합니다."

명화가 장수원과 친근하게 대화를 나누자, 장희원이 다가와 대화의 맥을 끊었다.

"대사형, 제자들과의 운공을 시작하셔야지요."

"벌써 시간이 그렇게 되었나?"

"예, 벌써 해가 중천에 떴습니다."

"사부님을 배웅하느라 정신이 없었구나. 그럼 어서 운기를 하러 가자."

장수원의 등을 떠밀며 떠나가던 장희원이 슬그머니 명화를 바라보았다.

그녀의 눈에는 왠지 모를 경계심이 가득 담겨 있어 명화의 마음을 상당히 불편하게 하였다.

명화는 쓴웃음을 지었다.

'만약 내가 장가를 든다고 해도 장희원 여협과는 맺어지지 않겠구나.'

무려 2년 동안 이곳에 있었지만 명화는 아직도 그녀에 대해서 제대로 아는 것이 없었다.

언젠가는 사이가 괜찮아질 것이라고 믿고 있긴 하지만 그게 과연 언제가 될지는 전혀 예측할 수 없었다.

*　　　　　*　　　　　*

하라주쿠 살인사건에 대해 조사하던 경찰은 화면의 용의자들이 명화방의 제자임을 알아냈다.

목격자들의 진술에 따르면 하라주쿠의 선술집에서 만취할 때까지 술을 마신 명화방의 제자 열 명이 술집에 폐지를 수거하러 온 개방의 제자와 시비가 붙은 것으로 밝혀졌다.

개방의 제자는 그저 조용히 폐지만 줍고 나가려 했으나 명화방의 제자들이 그를 거지라고 조롱하며 폐지에 불을 질러버린 것이다.

이때까지만 해도 참고 있던 개방의 제자는 결국 자신을 공격하기 위해 달려드는 그들에게서 살아남기 위해 손을 쓸 수밖에 없었다.

이 과정에서 선술집의 기물이 파손될 수도 있었기 때문에 그는 일부러 장소를 고가도로 아래로 옮긴 것이었다.

그 이후엔 상황이 어떻게 되었는지 알 도리가 없었지만 온통 피 칠갑을 하고 고가도로를 넘어가는 사람을 본 목격자가 있었기 때문에 살인사건의 정황은 딱딱 맞아떨어지게 된 것이다.

경시청에선 사건을 조사한 경위에 대해서 개방에게 알릴 의무가 있었기 때문에 개방의 제2장로이자 부방주인 홍치일에게 이 사실을 알렸다.

중국에서부터 단숨에 일본으로 날아온 홍치일은 열 명의 용의자에 대해 전해 들었다.

"아츠시 나가사와 등 아홉 명은 선술집 '사쿠라키'에서의 시비를 빌미로 피해자 최필선 씨를 살해하였습니다. 당시 폐지를 줍고 있던 최필선 씨는 용의자들에게 인권 모독을 당했고 결국엔 하루 종일 모아놓은 폐지까지 불타는 곤욕을 당했습니다. 하지만 그 이후에도 최필선 씨가 저항하지 않자 용의자들은 그를 현장에서 구타하려 시도하였습니다. 하나 기물 파손 등으로 선술집의 점주가 피해를 입을까 두려운 그는 가까운 고가도로 아래로 이들을 유인하여 그곳에서 싸움을 벌인 것으로 보입니다."

"…그러니까, 가만히 잘 있는 우리 개방의 제자를 명화방의 쓰레기들이 때려죽였다는 소리입니까?"

"목격자들의 진술에 따르면 그렇습니다."

홍치일은 더 이상 그 자리에 머물러 있을 수가 없었다.

"…당장 그놈들의 신상 명세를 저에게 주십시오. 제가 명화방으로 가서 따져야겠습니다."

"하지만 아직 조사가 완전히 끝난 것은 아니기 때문에 그들의 신상 명세를 정확하게 알려 드릴 수는 없어요."

그는 용의자들을 보호해 주려는 경찰에게 한마디 했다.

"내가 지금 여기서 당장 그놈들을 죽이려 달려 나갈 수도 있지만 꾹 참고 있는 겁니다. 밑도 끝도 없이 살인을 저지르기 전에 순순히 내어주시죠. 그렇게 되면 최소한 살인이나 전쟁 같은 것은 일어나지 않을 겁니다."

"아아……."

"싫어요? 싫으면 하는 수 없고요."

경시청에선 이미 개방에 자료를 넘겨주고 자신들은 뒤로 빠져 있겠다는 전략을 세운 이후였다.

그들은 재빨리 신상 명세가 적힌 쪽지를 홍치일에게 건넸다.

"알겠습니다. 그럼 어쩔 수 없지요."

"잘 판단하신 겁니다."

"다만 저희가 선생님께 신상 정보를 사전에 발설한 것은……."

"그런 것이 문제가 되겠습니까? 지금 사람이 죽어나간 판에?"

"그, 그건 그렇지요."

"아무튼 잘 조사해 주셔서 감사합니다. 이 은혜는 반드시 갚도록 하겠습니다."

"아닙니다. 저희들이야말로 치안을 제대로 유지하지 못한 잘못이 크니 앞으론 각별히 신경 쓰도록 하겠습니다."

"그래요, 반드시 꼭 그렇게 해줘요."

홍치일이 경시청을 나서자마자 형사들은 참고 있던 한숨을 푹 토해냈다.

"흐어!"

"숨 막혀서 죽는 줄 알았네!"

"역시 개방의 부방주는 뭐가 달라도 다르네. 유들유들하게 생긴 외모와 다르게 묵직한 살기가……."

"그나저나 저 나이에 성취가 너무 높은 것 아닌가? 사람이 저래도 되는 거야?"

"안 될 것은 또 뭐야? 능력 좋은 것이 비정상은 아니잖아?"

"뭐, 그건 그렇지."

형사들은 이제 곧 벌어질 명화방과 개방의 싸움이 얼마나 거칠지 걱정하기 시작했다.

"괜찮겠지? 우리 때문에 괜히 유혈 사태 벌어지는 거 아니야?"

"그렇다고 우리까지 함께 죽을 수는 없잖아? 이쯤에서 일이 잘 끝난 것에 대해서 감사하자고."

"그래, 그것이면 됐지, 뭐."

형사들은 다시 각자의 업무에 열중하기 시작했다.

　　　　＊　　　　　＊　　　　　＊

　명화장원의 늦은 밤, 명화방의 제자들이 대문 앞을 지키고
있다.

　부엉부엉.

　산비탈에서 들려오는 부엉이 소리와 풀벌레 소리가 문지기
들의 고단함을 달래준다.

　자연을 벗 삼아 번을 서고 있는 그들의 앞에 한 남자가 나
타났다.

　초로한 행색에 붉은색 봉을 든 그는 옆구리에 은색 띠와
황색 표주박을 달고 있었다.

　문지기들은 굳이 그의 정체에 대해 묻지 않아도 그가 누구
인지 알 수 있었다.

　"개방의 부방주?"

　홍치일은 대문 앞에 서서 자신의 이름 석 자를 카랑카랑하
게 외쳤다.

　"개방의 홍치일이요! 지금 당장 명화방주와 담판 지을 일이
있으니 방주께선 즉시 이 거지의 면담에 응해주시오!"

　문지기들은 일단 그를 되돌려 보내기로 했다.

　"이보시오, 부방주. 지금은 밤이 늦었으니 내일 다시 오시

오. 아무리 우리가 가는 길이 다르다곤 해도 야밤에 이러는 경우가 어디에 있단 말이오?"

"… 경우?"

홍치일은 가까스로 절제하고 있던 살기를 한 방에 폭발시켰다.

쾅!

쿠오오오오!

마치 황룡이 낮게 으르렁거리듯 그가 내뿜은 진한 황색 살기가 주변을 진동시켰다.

문지기들은 더 이상 자신들이 어찌할 수 있는 경계를 넘었다고 생각했다.

땡땡땡!

어쩔 수 없이 비상종을 울리자, 명화방의 제자들과 장희원 자매가 달려 나왔다.

"무슨 일인가?!"

"사저, 아무래도 개방이 우리 명화방에 뭔가 큰 볼일이 있는 모양입니다. 그것도 화가 단단히 나서 말입니다."

장희원은 특유의 차분하고 날카로운 눈동자로 홍치일을 바라보았다.

"이봐요, 홍 부방주님. 야밤에 이게 뭐 하는 짓입니까? 무슨 이해관계가 있다면 먼저 제자를 보내어 서신으로 전할 수도 있는 일 아닙니까?"

"…그럴 만한 일이 있어서 찾아온 것이오. 당신은 그냥 조용히 계시는 것이 신상에 이로울 것이오."

"하지만 우리의 심장부로 다짜고짜 찾아온 사람을 어찌 가만히 두고 보고 있겠습니까?"

홍치일은 고개를 가로저었다.

"용기와 객기는 엄연히 다른 것이오. 한번 잘 생각해 보시기를 바라오."

"객기라고 해도 자존심과 명예를 잃는 것보다는 나을 것 같습니다만?"

"…목숨은 소중한 것이오. 이번에 내 길을 막아서는 사람이 있다면 그자는 목숨을 잃을 것이오. 내 부방주의 자리를 걸고 단언하지."

장지원은 홍치일에게 버럭 소리를 질렀다.

"거참, 이봐요! 아무리 개방의 부방주라고 해도 용무를 먼저 말하고 이런 난리를 쳐도 쳐야 할 것 아닌가요?!"

그는 고개를 가로저었다.

"지금 내가 이유를 발설하게 되면 이곳에 있는 사람은 모두 다 피를 보게 될 것이오. 장담하건대 내가 끝끝내 싸우다가 죽는다고 해도 이곳에 모인 명화방의 제자 절반은 반병신이 되거나 목숨을 잃을 것이오."

"그게 무슨 소리인가요? 우리가 이유를 알아선 안 된다니요?"

장희원 자매가 홍치일과 실랑이를 벌이고 있을 무렵, 방주 대리 장수원이 걸어 나왔다.

그가 홍치일을 바라보며 아주 단호한 목소리로 말했다.

"좋소, 내가 현재 방주 대리이니 나와 얘기를 나누는 것이 마땅하지 않겠소?"

"방주 대리라… 하지만 방주 대리도 나와 얘기를 나눌 군번 이 아니오. 이 일은 천태홍 선생과 담판을 지어야 하는 일이 라서 말이외다."

"지금 사부님께선 수렵을 떠나셨으니 나와 얘기합시다."

홍치일은 가까스로 화를 가라앉히고 다소 차분해진 목소리 로 말했다.

"뭐, 좋소. 그럼 이 사람들을 모두 물리고 우리 둘이서 얘기 합시다."

"그럽시다."

장수원은 제자들을 모두 장원 안으로 들여보냈다.

"모두 들어가 있거라."

"하, 하지만 대사형, 저 사람은 지금 제정신이 아닙니다. 싸 움이 벌어지면 위험할 수 있어요."

그는 고개를 저었다.

"개방이 그렇게 막돼먹은 곳은 아니다. 만약 언쟁이 높아져 싸움이 벌어진다고 해도 그리 쉽게 죽을 내가 아니니 걱정하지 마라."

"끄응……."

장희원은 어쩔 수 없이 제자들을 데리고 장원 안으로 들어갔다.

"다들 들어가자."

"예, 사저."

이제 이곳에 남은 사람은 오로지 둘뿐이다.

홍치일이 바닥에 엉덩이를 붙이고 앉았다.

"얘기가 좀 길어질 것이오. 앉아서 얘기합시다."

"그럽시다."

장수원도 홍치일과 마찬가지로 흙바닥에 정좌를 했다.

그런 장수원을 바라보며 홍치일이 물었다.

"대사형은 이렇게 소탈한데 그 동문 사제들은 왜 그 모양인 게요?"

"그게 무슨 소리요?"

홍치일은 장수원에게 사망진단서와 용의자들의 신상 명세를 전해주었다.

"한번 읽어보시오. 내가 왜 이런 소리를 지껄이는지 알게 될 것이오."

"이게 무엇이오?"

두툼한 A4용지 뭉치를 받은 장수원은 그것을 읽더니 이내 눈을 휘둥그렇게 떴다.

장수원이 서류를 모두 읽었을 때엔 손발이 떨려 차마 말을 잇지 못했다.

"이, 이 안에 있는 것이 모두……."

"사실이오. 방금 경시청에서 모든 정보를 받아오는 길이오. 우리 개방의 제자가 당신의 사제들에게 얻어맞아 죽었단 말이오."

"허, 허어! 하지만 우리 명화방의 제자들은 그럴 사람들이 아닌데……."

"이 세상에 그럴 사람이 따로 있소?"

홍치일은 처음부터 장수원이 고분고분하게 인정하지 않을 것이라는 사실쯤은 이미 알고 있었다.

방주를 맡고 있는 지금, 방에 이런 일이 벌어졌다는 것은 기강이 흔들리고 있다는 뜻이기 때문이다.

물론 장수원은 경찰서에서 조사한 이 내용이 전부 사실이라는 것을 어렴풋이 인정하고 있었다. 그렇지만 지금 이 사실을 시원하게 인정해 버리면 명화방은 크나큰 분열의 소용돌이에 휘말리게 될 것이다.

하지만 개방의 부방주가 이 야밤에 명화방까지 직접 찾아왔다는 것은 예삿일이 아니었다.

지금 당장 이 일을 해결하지 못하면 내일은 더 많은 숫자의 개방제자들이 찾아올 것이 분명했다.

현재 10만에 가까운 세력을 운집시킨 개방이 마음만 먹는 다면 명화방에는 피바람이 불 것이다. 그렇다면 지금 장수원 이 일을 제대로 처리하지 못한다면 명화방은 여기서 명맥이 끊어질 수도 있을 터였다.

장수원은 결단을 해야 했다.

"…그래, 이곳까지 온 데엔 원하는 바가 있어서 그런 것 아 니겠소?"

"물론이오. 사고를 친 열 명의 제자를 모두 내가 데리고 가 서 개방의 법대로 처리해야겠소."

"그들을 모두 다 죽일 것이오?"

"죽이고 살리고는 우리 개방이 판단하게 될 것이오. 지금 여기서 생사에 대한 얘기를 할 단계가 아니라는 소리지."

"이런……."

말은 이렇게 해도 개방의 재판으로 이 열 명을 넘기면 모두 처참한 몰골로 죽고 부관참시까지 당하게 될 것이다.

개방은 살인을 가장 큰 중죄로 여기는데, 지하 무림 세계에 서 싸움이 나서 사람이 죽어도 그 경과를 철저하게 따져 악의 적인 살인을 한 제자는 물고기 밥이 되거나 들짐승의 먹이가 되고 만다.

그나마 이는 조금 나은 경우이고 다수가 하나를 공격해서 살해한 경우엔 온전히 죽을 수도 없다.

살인에 가담한 일행 모두가 아주 천천히, 그리고 고통스럽게 죽어가다 종국엔 시신을 찾아볼 수 없을 정도로 무참히 도륙당한다.

이것은 개방이 도교를 숭상하는 집단이기 때문인데, 이들은 도리에 어긋나는 일을 악의 악이라고 생각했다.

때문에 만약 도의에 어긋나는 짓을 한다면 자신의 애제자일지라도 그 자리에서 단칼에 쳐버리곤 했다.

홍치일은 그들의 인도를 협상 조건으로 내걸었다.

"더 이상 우리 개방을 도발하지 말고 내가 제안한 것을 수락했으면 하오. 우리 개방은 제자를 때려죽인 놈들을 우리의 방식대로 처단해야 직성이 풀리오. 만약 그러지 못한다면 전쟁은 불가피할 것이외다."

"…꼭 그래야겠소?"

"당연한 소리 아니오? 입장을 한번 바꿔봅시다. 그쪽의 제자가 봉변을 당해서 지금 처참한 몰골로 관에 들어가 있다고 생각해 보시오. 더군다나 부검을 한답시고 시신을 다 파헤쳐놓았는데 가만히 있을 것 같소?"

"그 마음은 이해하오만, 그렇다고 우리 제자를 죽인다고 그쪽 제자가 다시 살아 돌아오는 것은 아니잖소? 산 사람은 살아야……."

"명화방이 이렇게 타락한 집단이었소? 자기 제자들 살리겠다고 그 죄를 덮고 정당한 요구를 하는 피해자를 밀어낸단 말이오? 이게 도대체 말이나 되는 소리냔 말이오."

홍치일은 더 이상 사족을 달지 않았다.

"두말 않겠소. 당장 열 명의 제자를 데리고 나오지 않으면 내일 우리는 명화방을 총공격할 것이오. 그리 아시오."

"초, 총공격이라니? 그건 좀……."

"한번 동맹들을 불러 모아보시오. 그들을 천 명, 만 명 모아봤자 우리 개방은 결코 싸움에서 물러서지 않을 것이오."

개방이 총력전을 펼친다면 현재의 명화방으로선 도저히 어찌해 볼 도리가 없다.

제대로 연락도 닿지 않는 로키산맥으로 사냥을 떠난 방주와 장로들이 제자 중에서도 항렬이 높은 제자들만 골라서 데리고 갔기 때문이다.

행여나 지금 당장 연락이 닿는다고 해도 그 많은 사람들이 하루아침에 돌아올 수도 없는 노릇이다.

홍치일이 이내 자리에서 일어섰다.

"더 이상 말을 길게 할 필요 없을 것 같으니 서서 기다리겠소. 내가 줄 수 있는 시간은 20분, 죄인을 잡아들이는 데 이보다 더 긴 시간이 필요할 리 없겠지."

"이보시오, 하지만 우리도 결정할 시간을 좀 줘야……."

"결정하고 자시고, 이게 지금 회의가 필요한 사안이오? 만약 명화방이 제자들을 쉽사리 내어주지 않는다면 우리 개방 말고도 사성회나 백명회 등의 공격을 받아야 할 것이오. 아시잖소? 그들은 당신들과 별로 사이가 좋지 않소. 더군다나 명화방의 세력 확장을 가장 많이 견제하고 있는 백명회나 남궁세가 같으면 아예 토벌전을 벌이자고 난리를 피우겠지."

"…소문을 내어 우리를 궤멸시키겠노라 협박하는 것이오?"

"협박이 아니라 사실에 대해 말해주는 것이오. 우리가 총력전을 벌이는데 그게 소문나지 않고 배길 것이라고 생각하셨소?"

"……"

"20분이오. 그 안에 해결 짓지 못하면 나는 떠나겠소. 그리고 내일이면 이곳으로 10만의 개방제자들이 몰려들 테지."

장수원은 쉽사리 결정을 내리지 못했다.

분명 술에 취해서 사람을 때려죽인 것은 금수만도 못한 짓이지만 재판을 받는 장소가 개방이라는 것이 문제였다.

만약 명화방 내에서 재판이 벌어져 그들을 때려죽인다면 몰라도 개방에서 제자들을 잡아가는 것은 그들을 제물로 내어주는 것이나 마찬가지였다.

세력의 분열을 일으켜도 전혀 이상할 것이 없는 이 상황에서 장수원이 내릴 수 있는 선택은 하나밖에 없었다.

"…꼭 그래야겠다면 나의 선택은 오로지 하나요."

"말씀해 보시오."

스릉!

장수원이 검을 뽑아 들었다.

"차라리 내가 죽겠소. 그리고 우리 명화방 내에서 살인을 저지른 제자들을 알아서 죽이도록 하겠소이다."

"당신은 아무런 잘못이 없소. 우리더러 잘못도 없는 사람을 죽이라는 소리요?"

"그쪽 제자가 맞아 죽었으니 분명 복수는 해야 할 것이오. 하지만 저들은 아직 어리고 눈에 뵈는 것도 별로 없는 사람들 아니요? 쓸데없이 저들을 다 죽이느니 내가 대신 죽겠다는 소리요. 자, 이 검으로 나를 베시오."

"…진심이오?"

"물론이외다."

홍치일은 그의 용기를 높게 샀지만 곧이곧대로 그 모든 것을 수용할 수는 없었다.

"좋소, 그럼 내가 제안을 하나 하겠소."

"말씀하시오."

"내일 아침 이곳에서 우리 개방과 명화방이 만나서 대결을 펼칩시다. 대표 세 명을 뽑아서 지는 쪽이 깔끔하게 자신의 뜻을 포기하기로 합시다."

"…대결이라……."

"단, 우리는 방 내 최고의 고수들이 나설 것이오. 그쪽도 철저히 준비해야 큰 피해를 입지 않을 것이오."

"최고의 고수라면 장로의 항렬도 포함되는 것이오?"

"그런 셈이지."

"하지만 그건 반칙 아니오? 아무리 그래도 우리가 개방의 장로를 어떻게 꺾으라는 소리요?"

"그럼 10만 명과 일일이 다 싸워 이길 자신이 있소?"

"그, 그건……."

"어느 쪽이 더 쉬운 방법이 될 것인지 한번 잘 생각해 보시오. 그럼 나는 이만."

홍치일은 홀연히 사라져 버렸다.

*   *   *

명화장원의 거대한 대문이 벌컥 열렸다.

끼이이익!

쿵!

문지기들이 화들짝 놀라서며 장수원을 바라보았다.

"대, 대사형?!"

"…이 종이에 적힌 놈들을 모두 다 데리고 나와라."

"무슨 일로……."

"데리고 나와라!"

"아, 알겠습니다!"

일사불란하게 움직여 장원 안으로 뛰어간 문지기들이 침울한 표정의 제자 열 명을 데리고 나왔다.

"대사형……."

"이런 개새끼들!"

장수원은 다짜고짜 주먹으로 어린 사제들을 마구 쥐어 패기 시작했다.

퍽, 퍽, 퍽!

"크허억!"

"입 다물어라! 네놈들은 신음을 낼 자격도 없다!"

아무런 형식도 없이 내지르는 장수원의 주먹은 분노 이외엔 아무것도 담고 있지 않았다.

그야말로 모진 구타를 당하고 있는 사제들에게 장희원 자매가 달려 나왔다.

"대사형! 왜 이러십니까?!"

"놔라! 놓지 않으면 네놈들 모두 같은 취급을 받을 줄 알아라!"

"그래요! 때리시면 맞겠습니다! 하지만 이유는 알고 맞아야 할 것 아닙니까?!"

그는 바닥에 두툼한 서류 뭉치를 툭 던져놓았다.

"읽어봐라. 내가 왜 이렇게 난리법석을 떨고 있는지 말이다."

두 자매는 그 내용을 읽어 내려갔고, 주변에서 어깨너머로 같이 읽어 내려간 명화방의 제자들은 입을 떡 벌리고 말았다.

"허, 허억!"

"이런 미친놈들을 보았나?! 술에 취해 난동을 부린 것으로도 모자라 사람을 때려죽여?!"

"죄, 죄송합니다!"

멀리서 이 상황을 지켜보고 있던 장주원이 초상비를 밟으며 날아왔다.

파바바바밧!

그러곤 곧바로 열 명의 죄인 중 한 명의 머리를 무릎으로 그대로 찍어버렸다.

빠악!

"캑, 캑!"

"이놈들, 그냥 죽이면 안 됩니다. 두개골을 쪼개서 서서히 고통스럽게 죽여야 합니다. 그렇지 않으면 다른 제자들에게 좋지 않은 영향을 줄 것입니다."

장수원이 고개를 저었다.

"…아직은 아니다. 나 역시 이놈들을 잡아다 당장 물고를 내어 고통스럽게 죽이고 싶지만 우리는 우리의 법을 따라야 한다. 사부님께서 돌아오시면 회의를 열어 이놈들의 처벌 수

위를 결정해야 할 것이다."

"처벌 수위라면 뭘 말씀하시는 겁니까?"

"어떻게 죽는가를 결정하는 것이겠지."

그는 사람을 때려죽인 것은 결코 올바른 처사가 아니라고 생각했다.

"아무리 무인들 간의 싸움이라고 해도 도리에 어긋나는 짓을 하면서까지 패 죽인 것은 크나큰 죄악이다. 살아남지 못하는 것은 당연한 일이고 고통스럽게 죽는 것 역시 마찬가지다. 명예도 없을 것이고 이름도 없이 죽을 것이다. 하지만 최소한 그것을 결정하는 회의가 소집되어 우리의 법을 세워야지, 그렇지 않으면 우리는 근본도 없는 쓰레기가 되는 것이다. 알겠느냐?"

장주원은 장수원의 설명을 듣고 나선 더 이상 사족을 달지 않았다.

그는 빠르게 수긍하고 나머지 처벌에 대해선 장수원에게 모든 것을 맡기기로 했다.

"그렇다면 대사형께서 이놈들을 처리하시고 추후의 일을 결정하시죠."

"…그래. 그래야지."

장수원은 이 열 명의 팔다리에 족쇄를 채우고 지하 창고에 가둘 것을 명했다.

"사부님과 연락이 닿을 때까지 이놈들에게 먹을 것을 주지 마라. 더러운 죄를 저지른 놈들이다. 명예를 모르는 놈들에겐 먹을 것을 줄 가치가 없지."

"흑흑, 대사형! 살려주십시오!"

"시끄럽다! 다시 한 번 대사형이라 불렀다간 아가리를 찢어 버릴 테다!"

장수원은 열 명의 범죄자를 처리한 후 가장 중요한 사안에 대해 말했다.

"이제 우리의 앞에 남은 것은 개방을 어떻게 처리하느냐이다."

"개방이 뭐라고 합니까?"

"저놈들을 자신들의 법으로 처벌할 수 있도록 신병을 내어 놓으라고 했다."

"그건 안 될 말입니다. 우리가 저놈들의 하바리는 아니지 않습니까?"

"그래서 거절했다."

"그럼 저놈들이 가만있지 않을 텐데요."

"안다. 10만 명을 모두 끌고 쳐들어와 명화방을 지도에서 없애겠다는 것을 간신히 말렸다."

"또 다른 조건을 내걸었습니까?"

"각 진영에서 세 명의 고수를 내보내 그들이 전부 단기 접전을 벌여 승부를 짓자고 하더군."

"항렬의 제한은……."

"없다."

"그, 그럼 우리에게 너무 불리한 것 아닙니까?!"

"그런 셈이지. 우리에겐 희망이 없다고 볼 수 있다. 그렇지만 여기서 신념을 버리고 투항한다면 명화방은 천하의 웃음거리가 되겠지."

"그런 말도 안 되는……!"

기명제자들의 토의를 가만히 지켜보던 명화가 불현듯 입을 열었다.

"그 단기 접전이라는 것이 한 사람이 이기면 그 사람이 계속해서 나머지 인원을 상대할 수 있는 겁니까?"

"뭐, 그렇겠지. 그게 지하 세계의 전통적인 단기 접전 아니요."

명화는 네 사람에게 자신의 출전을 종용하였다.

"저도 명화방의 제자입니다. 속가제자이긴 하지만 명화방의 가르침을 받은 것은 틀림없는 사실이지요."

"……!"

"제가 최대한 싸워보겠습니다. 단 한 명이라도 힘을 빼놓을 수 있다면 선방하는 것 아닙니까?"

장수원은 그의 제안을 기쁘게 받아들였다.

"그렇지! 내가 왜 그 생각은 못 했을까?! 우리에겐 엄청난 속가제자가 있었지!"

"제가 도움이 될지 어떨지는 모르겠습니다만, 저들에게 명화방은 호락호락한 곳이 아니라는 것을 보여줄 좋은 기회가 될 것입니다."

명화의 참가는 아주 희망적인 일이었지만 장희원은 또 다른 것을 걱정하였다.

"그렇지만 만약 저들이 금성회나 사성회와 같은 집단을 데리고 오면 우리는 끝입니다. 당신은 죄인들을 옹호한 죄로 그 자리에서 즉결 처분을 받을 수도 있고요."

그는 희원의 얘기를 듣곤 자신의 생각에 대해 피력하였다.

"그래요, 그럴 수도 있겠지요. 하지만 개방의 처사도 아주 옳은 것은 아닙니다. 협상이 불가하다고 10만 명으로 명화방을 쓸어버리겠다네요. 그건 말도 안 되는 소리입니다. 아마 제 사문에서 고수들이 몰려온다고 해도 우리를 당장 어떻게 할 수는 없을 겁니다. 저들도 너무 과하게 처사한 것이니까요."

"으음……."

"아무튼 제 말대로 하시지요. 얼마나 도움이 될지는 몰라도 최선을 다하겠습니다."

장주원은 명화에게 손을 내밀었다.

"이로써 우리는 형제가 되는 겁니다. 앞으론 제가 사형으로 모시겠습니다."

"아닙니다. 그럴 수는 없지요. 속가제자이긴 해도 저는 객식구인데……."

"이 세상에 남의 집안일에 목숨을 걸고 싸우는 객식구도 있습니까? 그런 일은 없습니다."

주원은 명화에게 꾸벅 고개를 숙였다.

"사형! 아니, 명화 형님! 우리 한번 사내답게 싸워봅시다!"

"형님이라니……."

호형호제를 고사하는 명화에게 수원도 한마디를 보탰다.

"그래, 이제부터 우리는 형제요. 앞으로는 주원이를 동생으로 여기고 나를 형으로 여기시오. 우리 오늘 이 자리에서 호형호제하는 것이오. 어떻소?"

"맞습니다! 앞으로는 삼형제로서 방의 어려운 일들을 처리하는 겁니다!"

명화는 그들의 제안이 부담스러우면서도 이렇게 호탕하게 의기투합을 제의하니 그 뜻을 물릴 수가 없었다.

그는 장수원에게 꾸벅 고개를 숙였다.

"좋습니다. 앞으로 형님으로 모시겠습니다. 장주원 소협 역시 앞으론 동생으로 삼고 잘 돌보겠습니다."

"좋아, 그럼 서로 호칭을 고치기로 하지."

"예, 형님."

"알겠습니다. 이 막내, 앞으론 정말 몸이 부서져라 열심히 하겠습니다!"

"그래, 서로 좋은 형제가 되도록 노력하자꾸나."

"예, 명화 형님!"

명화는 내일 있을 싸움을 위해 두 사람과 밀담을 나누기로 한다.

"자, 그럼 내일을 위해 서로 의견을 나누기로 하시죠. 형님, 어떠십니까?"

"명화의 말이 맞다. 주원아, 정자에 찻잔을 가져다 놓아라."

"네, 큰형님."

이제 명화는 서서히 명화방의 깊은 곳으로 녹아들고 있었다.

*   *   *

이른 아침, 개방의 제자 3만 명과 장로 다섯 명이 명화방 앞에 집결했다.

명화장원 너머로 그 모습을 바라보고 있던 장주원이 마른 침을 삼켰다.

꿀꺽!

"이렇게 많은 무인을 본 적이 없습니다. 정말 숫자에 압도될 지경입니다."

3만 명을 일렬로 세우면 그 끝을 찾는 것만 해도 한참이 걸릴 것이다.

만약 이들이 봉을 들고 떼로 살구진과 같은 진법을 펼친다고 생각하자 눈앞이 아찔했다.

그러나 명화는 그의 긴장감을 풀어주기 위해 어깨를 주물러 주었다.

우드득!

"으후……!"

"긴장할 것 없다. 저들도 사람이야. 한계를 돌파한 사람들이라곤 해도 분명 빈틈은 있어. 어제 우리가 상의한 것처럼 빈틈만을 공략한다면 승산은 충분하다."

"형님, 아무리 그래도 정말 우리가 이길 수 있을까요?

"이길 수 있어. 길고 짧은 것은 대봐야 아는 법. 개방은 진법에는 강하지만 개개인의 싸움에는 다소 약한 모습을 보여. 개방의 무공은 워낙 심오하기 때문에 그 경지가 옅으면 제대로 힘을 쓰기가 힘들어. 그나마 불행 중 다행이라고 해야겠지."

"으음, 그렇군요."

"최소한 우리가 일방적으로 지지만 않는다면 싸움에서 패배한다고 해도 몇 마디 건넬 수 있는 여지가 생길 것이다. 우리는 그것을 노리는 거야."

"예, 알겠습니다."

장수원은 두 사람을 이끌고 명화장원을 나선다.

"가자. 저들이 기다리고 있어."

"예, 형님."

수원을 필두로 명화장원을 나선 세 명의 의형제가 개방의 장로들 앞에 섰다.

개방의 장로들이 살기등등한 눈으로 세 사람을 노려보았다.

"그쪽이 명화방의 대사형이오?"

"그렇습니다."

"연배가 다소 어린 것 같긴 하나 기개가 살아 있군. 이 정도면 죽여도 죄책감은 들지 않겠는데?"

"…칭찬으로 받겠습니다."

"뭐, 뒤에 무슨 말이 붙든 간에 칭찬은 칭찬이니까."

개방은 일을 길게 끌고 가는 것을 원치 않았다.

"자, 그럼 한판 붙으면서 얘기합시다. 첫 번째 주자가 누구요?"

"명화방의 속가제자인 김명화라고 합니다."

"속가제자라… 뭐, 좋아. 속가제자고 뭐고 명화방의 제자이기만 하면 되는 것이니까."

개방은 첫 번째 주자로 개방의 부방주인 홍치일을 내세웠다.

"우리 개방의 첫 번째 주자는 부방주 홍치일이오. 연배는 장로들보다 어리지만 그 실력이 뛰어나니 첫 번째 주자로 손색이 없지."

홍치일이 붉은색 봉을 들고 양쪽 진영 사이에 섰다.

단단하고 매서워 보이는 홍치일의 눈빛이 자신과 맞설 명화에게로 향했다.

"피차 더 이상 깊은 인사를 나눌 처지는 아니니 통성명만 간단히 합시다. 홍치일이요."

"김명화라고 하오."

명화가 정중하게 고개를 숙이자 홍치일이 포권을 취했다.

아무리 적이라고 해도 싸움에 있어서 예의를 갖추지 않으면 시정잡배와 다름없다. 두 사람은 평소보다 더욱 예의에 신경 썼다.

이윽고 명화가 건곤일식의 기본인 건곤보를 벌렸다.

명화는 건곤보를 벌리면서 지금까지 명화방에선 단 한 번도 보여준 적 없는 탄탄하고 선명한 내가진기를 출수시켰다.

스스스스스!

그러자 묵빛 진기를 본 홍치일의 표정이 점점 일그러지기 시작했다.

"이 빛은 사성회의……."

"맞소. 나는 사성회의 기명제자이면서도 금성회의 속가제자이오. 또한 얼마 전에는 명화방의 속가제자가 되었소."

홍치일이 이해가 안 된다는 듯이 그를 바라보았다.

"어째서 당신과 같은 명문정파의 제자가 명화방과 같은 악독한 무리와 함께한단 말이오?"

"만약 명화방이 악독한 무리라면 나 또한 악독한 무리일 것이오. 나는 이제 명화방 사람이기 때문이지."

"…도무지 이해를 할 수가 없군."

"이해를 해달라고 말하지 않았소. 그냥 나는 내 소신대로 행동할 뿐이지."

"그렇구려."

척!

명화는 건곤일식에 사성신공으로 끝을 보려 했다.

"자, 그럼 시작해 봅시다."

"뭐, 그럽시다. 다른 것은 몰라도 싸움 자체는 흥미로운 대결이 되겠군."

"나도 그렇게 생각하오. 개방의 무공은 처음이라서 말이오."

두 사람 사이에 터질 듯한 팽팽한 긴장감이 맴돌기 시작했다.

『현대 무림 지존』 7권에 계속…

초대형 24시 만화방

신간 100%, 샤워실, 흡연실, 수면실(침대석), 커플석, 세탁기 완비

▪ 시흥 정왕25시점 ▪

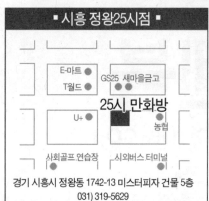

경기 시흥시 정왕동 1742-13 미스터피자 건물 5층
031) 319-5629

▪ 강북 노원역점 ▪

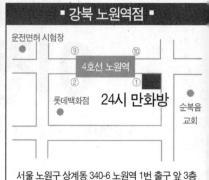

서울 노원구 상계동 340-6 노원역 1번 출구 앞 3층
02) 951-8324 (화용빌딩 3층)

▪ 일산 정발산역점 ▪

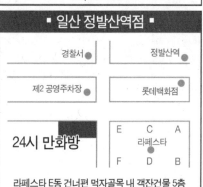

라페스타 E동 건너편 먹자골목 내 객잔건물 5층
031) 914-1957

▪ 일산 화정역점 ▪

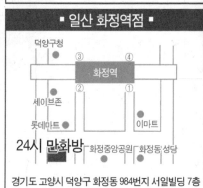

경기도 고양시 덕양구 화정동 984번지 서일빌딩 7층
031) 979-4874 (서일사우나 건물 7층)

▪ 부천 역곡역점 ▪

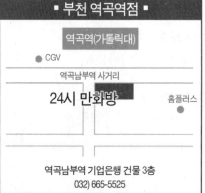

역곡남부역 기업은행 건물 3층
032) 665-5525

▪ 부평역점 ▪

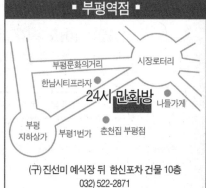

(구) 진선미 예식장 뒤 한신포차 건물 10층
032) 522-2871

FUSION FANTASTIC STORY

텀블러 장편소설

현대 천마록

천하를 호령하고, 전 무림을 통합한
일월신교의 교주 천하랑.
사람들은 그를 천마, 혹은 혈마대제라고 불렀다.

『현대 천마록』

무공의 끝은 불로불사가 되는 것이라 생각했지만
그로서도 자연의 섭리 앞에선 어쩔 수 없었다!

'그렇게 많은 피를 흘렸음에도 불구하고
죽을 때가 되니 남는 것이 없군그래.'

거듭된 고련 끝에 천하랑의 영혼이
존재하지 않게 된 그 순간
그의 영혼은 현세에서 천마로서 눈을 뜬다!

Book Publishing CHUNGEORAM

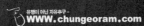

유행이 아닌 자유추구 -
WWW. chungeoram.com

미러클
테이머

인기영 장편소설
FUSION FANTASTIC STORY

MIRACLE
TAMER

이계로 떨어져 최강, 최고의 테이머가 되었다.
그러나… 남은 것은 지독한 배신뿐.

배신의 끝에서 루아진은 고향, 지구로 되돌아오게 되는데……
몬스터가 출몰하기 시작한 지구!
그리고 몬스터를 길들일 수 있는 테이머 루아진!
그 둘의 조합은……?

『미러클 테이머』

바야흐로 시작되는
테이머 루아진과 몬스터들의 알콩달콩한
대파괴의 서사시!!

Publishing CHUNGEORAM

이계진입
리로디드

임경배 퓨전 판타지 소설

FUSION FANTASTIC STORY

『권왕전생』임경배의 2015년 신작!

『이계진입 리로디드』

왕의 심장이 불타 사라질 때,
현세의 운명을 초월한 존재가 이 땅에 강림하리라!

폭군으로부터 이세계를 구원한 지구인 소년 성시한.
부와 명예, 아름다운 연인…
해피엔딩으로 이야기는 끝인 줄 알았건만
그 대가는 지구로의 무참한 추방이었다.
그리고 10년 후…….

"내가 돌아왔다! 이 개자식들아!"

한 번 세상을 구한 영웅의 이계 '재' 진입 이야기!

2016년의 대미를 장식할 최고의 스포츠 소설!!

Career record : 984W 26L
Career titles : 95
Highest ranking : No.1(387weeks)
Grand Slam Singles results : 23W
Paralympic medal record : Singles Gold(2012, 2016)

약 십 년여를 세계 최고로 군림한 천재 테니스 선수.
경기 내내 그의 몸을 지탱하고 있는 것은…… 휠체어였다.

『그랜드슬램』

휠체어 테니스계의 신, 이영석(32).
그는 정상의 자리에서도 끝없는 갈망에 사로잡혀 있었다.

"걷고 싶다, 뛰고 싶다. …날고 싶다!!"

뛸 수 없던 천재 테니스 선수
그에게, 날개가 달렸다!!!

Book Publishing CHUNGEORAM

유행이 아닌 자유추구 -
WWW.chungeoram.com

GAME BALL

게임볼 설경구 장편 소설
FUSION FANTASTIC STORY

무명의 야구인이었던 남자,
우진이 펼치는 야구 감독으로서의 화려한 일대기!

『게임볼』

"이 멤버로 우승을 시키라고?"

가상 야구 게임,
게임볼을 통해 인생 역전을 꿈꾸는

한 남자의 뜨거운 행보에 주목하라!

Book Publishing CHUNGEORAM

유행이 아닌 자유추구 -
WWW.chungeoram.com